KB263096

노빈손 에버랜드에 가다!

노빈손 에버랜드에 가다!

노빈손 에버랜드에 가다

초판 1쇄 펴냄 2001년 12월 12일
초판 25쇄 펴냄 2017년 11월 27일

지은이 박경수
일러스트 이우일
펴낸이 고영은 박미숙

편집이사 인영아 | 뜨인돌기획팀 이준희 박경수 김정우 이가현
뜨인돌어린이기획팀 조연진 임솜이 | 디자인실 김세라 이기희
마케팅팀 오상욱 여인영 | 경영지원팀 김은주 김동희

펴낸곳 뜨인돌출판(주) | 출판등록 1994.10.11.(제406-251002011000185호)
주소 10881 경기도 파주시 회동길 337-9
홈페이지 www.ddstone.com | 블로그 blog.naver.com/ddstone1994
페이스북 www.facebook.com/ddstone1994 | 노빈손 www.nobinson.com
대표전화 02-337-5252 | 팩스 031-947-5868

© 2001, 박경수, 이우일
'노빈손'은 뜨인돌출판(주)의 등록상표입니다.

ISBN 978-89-5807-203-4 03810
CIP2010002847

* 이 책에 등장하는 킹코와 콜비는 에버랜드의 고유 캐릭터로서
에버랜드의 서면동의 없이는 절대 사용할 수 없습니다.

어린이제품안전특별법에 의한 제품표시
제조자명 뜨인돌어린이 **제조국명** 대한민국 **사용연령** 만 8세 이상

노빈손

에버랜드에 가다!

뜨인돌

머리말

누구나 가고 싶어하는 곳. 한번 가보면 또 가고 싶어지는 곳. 아무리 자주 가도 싫증이 나기는커녕 그때마다 새로운 기쁨을 발견하게 되는 곳. 놀이공원은 우리 모두를 행복하게 만들어 주는 꿈과 환상의 공간이다. 해외 여행을 떠나는 사람들이 가장 즐겨 찾는 장소 중의 하나가 바로 그 나라의 놀이공원이라고 한다.

놀이공원은 또한 호기심의 공간이기도 하다. 롤러코스터는 어떻게 연료도 없이 그렇게 빨리 달릴 수 있을까? 공중에서 거꾸로 도는 열차는 왜 떨어지지 않을까? 바이킹을 탔을 때 가슴이 울렁거리는 이유는 뭘까? 범퍼카는 어떤 원리로 움직이는 걸까? 파도풀에서는 왜 바람도 없는데 파도가 일어날까? 등등.

언뜻 생각하면 뭔가 엄청 복잡하고 어려운 과학이 숨어 있을 것 같지만 사실은 그렇지 않다. 놀이기구를 움직이는 원리들은 알고 보면 아주 쉽고 간단하다. 하지만 인간이 그걸 알아내는 데는 무려 수천 년의 세월이 걸렸다. 원래 뭐든지 알기 전엔 어렵고 알고 나면 쉬운 법. 놀이공원은 인류가 지금까지 쌓아온 과학의 열매들을 한자리에 모아놓은 신나고 즐거운 야외 학습장인 것이다.

우리의 호프 노빈손이 에버랜드에 갔다. 겁 많은 노빈손과 터프한 말숙이의 흥미진진한 모험을 구경하다 보면 여러분은 지금까지 몰랐던 놀이공원의 새로운 매력을 발견하게 될 것이다. 그리고 '과학' 이라는 과목이 딱딱하고 지겹기만 한 게 아니라 사실은 엄청 재미있고 흥미로운 과목이라는 걸 느끼게 될 것이다.

"아는 만큼 보이고 보이는 만큼 느낀다"는 말이 있다. 이 책을 읽고 나서 놀이공원에 가면 아마 바이킹도 환상특급도 예전과는 다른 모습으로 보일 것이다. 그리고 그것들을 탔을 때의 즐거움도 예전보다 훨씬 더 커질 것이다. 재미있게 공부하기, 놀면서 복습하기, 그리고 같이 간 부모님이나 친구들 앞에서 '과학 도사' 소리 들으며 폼 잡기. 노빈손이 이 책을 통해 여러분에게 건네는 세 가지 선물이다. 부디 그 선물들을 하나도 놓치지 말고 전부 다 여러분의 것으로 만들기 바란다.

2001년 12월 5일
광화문에서

책을 만드는 데 많은 도움을 주신 에버랜드 관계자 여러분들께 감사드립니다.

차례

넘넘 행복한 표정.
푹시식

토요일 오후에 걸려 온 전화

앵— 앵—

귓가에서 가느다란 사이렌 소리가 자꾸만 들려왔다. 책상에 엎드린 채 졸고 있던 노빈손은 성가신 표정으로 고개를 들고 손으로 입 주위를 닦았다. 얼굴 밑에 펼쳐져 있던 만화책이 장마철에 대문 앞에 떨어진 신문지처럼 축축하게 젖어 있었다.

"요게 어디로 갔지?"

노빈손은 잠시 주위를 둘러보다가 눈을 반짝 빛내며 살그머니 일어섰다. 그리고는 이리저리 껑충거리며 허공에 대고 박수를 쳐대기 시작했다. 통아저씨가 통춤을 추며 치는 것 같은 불규칙한 박수였다.

일곱 번째 박수를 치는 순간, 드디어 손바닥에 뭔가 감촉이 느껴졌다.

호호호—. 노빈손은 회심의 미소를 흘리며 천천히 손바닥을 들여다보았

다. 흉측하게 생긴 시커먼 모기 한 마리가 얼얼해진 손바닥 위에 납작하게
붙어 있었다.

"엄청 크네. 대체 이게 모기야, 새야? 까딱했다간 온 집안 식구들이 줄줄
이 빈혈 환자가 될 뻔했군."

노빈손은 손바닥을 턴 다음 다시 자세를 잡고 책상 위에 엎드렸다. 쌔근쌔
근 하던 숨소리가 겨우 1분 만에 요란한 탱크 소리로 변했고, 2분 뒤엔 닫혀
있던 입이 조금씩 벌어지기 시작했다. 한 방울, 두 방울, 세 방울… 가뜩이나
축축하던 만화책이 미처 마를 새도 없이 다시 흥건하게 젖어 들고 있었다.

윙— 윙—

이번엔 사이렌이 아니라 대형 선풍기가 돌아가는 소리였다.

끄응—. 노빈손은 신음을 내뱉으며 다시 눈을 뜨고 손으로 입가를 훔쳤다.
하지만 아까와 달리 이번에는 닦이기는커녕 오히려 얼굴이 더 축축해지는
것 같았다. 어느새 열 손가락이 죄다 끈적끈적하게 젖어 버린 탓이었다.

"후르릅—. 대체 집 안에 웬 습기가 이렇게 많은 거야? 그러니까 모기들이
이렇게 단체로 몰려다니지. 괘씸한 것들, 한 마리도 살려 보내지 않을 테다."

꿍얼거리며 주위를 둘러보던
노빈손의 눈이 갑자기 흐리멍
덩해졌다. 아무리 둘러봐도 모
기들이 눈에 띄지 않았던 것이
다. 대체 요것들이 어디로 숨은
거야? 설마 모기들이 손오공처

밥을 먹거나 목욕을 하면 왜 졸릴까?
음시문이 위 속에 많이 들어오면 이것을 소화시키려고 소
화기관들이 총동원되어 활동을 시작한다. 피도 소화기관 쪽
으로 몰리게 된다. 피의 양은 정해져 있기 때문에 그렇게 되면 뇌
로 보내질 피의 양이 갑자기 줄어들면서 졸리게 되는 것이다. 목욕
을 해서 몸이 따뜻해지면, 체온 조절을 위해 많은 양의 피가 피부
의 모세혈관 쪽으로 흘러가 역시 뇌로 흘러갈 피의 양이 줄어들어
잠이 오는 것이다.

럼 은신술을? 그러는 사이에도 소리는 계속해서 들려오고 있었다.

윙— 윙— 드드드득—

믹서기로 얼음을 가는 것 같은 요란한 소리가 들린 뒤에야 노빈손은 그게 모기 소리가 아니라 전화 소리임을 깨달았다. 컴퓨터 위에 올려놓은 핸드폰이 이리저리 꿈틀거리며 드르륵거리고 있었던 것이다.

"저게 언제부터 진동으로 돼 있었지? 주인이 잠들면 저절로 진동으로 바뀌나? 설명서에도 그런 얘긴 없었는데."

노빈손은 고개를 갸웃거리며 전화기를 집어들었다.

"왜?"

"어머머, 얘 좀 봐?"

꾀꼬리가 목감기에 걸린 듯한 새된 소프라노의 주인공은 다름 아닌 말숙이였다.

"노빈손! 너 무슨 전활 그렇게 받니? 누군지 확인도 안 하고 다짜고짜 그렇게 반말을 하면 어떡해?"

"확인을 뭐 하러 해. 보나마나 넌데."

"그걸 어떻게 알아?"

"왜 몰라? 나한테 전화 거는 사람은 온 세상을 다 뒤져도 너밖에 없는데."

"호호, 고마운 줄 알아라. 나 아니면 니 핸드폰은 완전히 전화가 아니라 시계잖아?"

"어차피 지금도 90%는 시계야. 그나저나, 왜 전화했어?"

"아차, 내 정신! 전화 끊을 테니까 니가 곧바로 다시 해. 할 얘기가 있어."

"지금 하면 되잖아."

"안 돼. 이 전화 내가 걸었잖아. 통화 오래 하면 요금 많이 나온단 말야."

"야! 나말숙! 넌 무슨 애가 그렇게……."

뚝─. 말을 채 끝내기도 전에 전화가 끊겼다. 노빈손은 말숙이가 몹시 얄미웠지만 어쩔 수 없었다. 다른 건 몰라도 힘으로는 절대 말숙이를 이길 수 없었으니까. 그는 고개를 절레절레 흔들며 손톱으로 전화기의 버튼을 꾹꾹 눌러대기 시작했다.

"에버랜드 구경을 시켜 주겠다구? 니가?"

"그렇다니까."

"웬일이냐? 너 같은 구……."

구두쇠가, 라고 말하려던 노빈손은 후환이 두려워 얼른 말을 바꿨다.

"웬일이냐? 너같이 검소한 애가?"

"호호호. 설마 내 돈으로 널 데려가겠니? 사실은 자유이용권 두 장이 공짜로 생겼어. 인터넷 퀴즈 사이트에서 상품으로 받았거든."

"퀴즈라구? 너같이 띠……."

띨띨한 애가, 라고 하려다가 노빈손은 이번에도 역시 후환이 두려워 후다닥 말을 바꿨다.

"너같이 뛰어난 애가 왜 이제야 그런 걸 받았을까. 늦어도 한참 늦었지 뭐니."

"으하하하. 그러게 말야."

노빈손의 아부에 마냥 흐뭇해진 말숙이는 TV 사극에 나오는 장군들처럼 호탕하게 너털웃음을 터뜨렸다. 그러더니 갑자기 웃음을 뚝 멈추고 심각하게 물었다.

"근데 너 혹시 놀이기구 타다가 막 울고불고 하는 거 아냐? 무섭다느니 내려달라느니 하면서 말야."

노빈손은 가슴이 뜨끔했다.

미국 로스앤젤레스 교외의 구릉지대에 위치한 스릴 만점의 놀이공원인 매직 마운틴은 세계에서 제일 오래된 롤러코스터와 가장 높은 롤러코스터가 있는 곳이다. 이 놀이공원 최고의 놀이기구인 바이퍼는 세계 최대의 코스터로 18층 높이에서 급강하하고 360도 회전을 3번 한다. 또 가장 인기 있는 슈퍼맨이란 놀이기구는 순간적(약 3초)으로 엄청난 가속도로 약 50미터쯤 수직 상승하다가 중력으로 거꾸로 떨어진다고 한다.

원래 그는 놀이기구를 타는 건 고사하고 남이 타는 걸 보기만 해도 속이 울렁거리고 식은땀이 흐르는 체질이었던 것이다. 하지만 아무리 겁이 나기로서니 여자친구 앞에서 약한 모습을 보일 수는 없는 일. 결국 노빈손은 두 눈을 질끈 감고 이렇게 말해 버렸다.

"무섭긴! 내가 이래 뵈도 바이킹 타면서 하품했던 사람이라구."

"그래? 뜻밖이네. 좋아, 그럼 내일 아침 10시에 정문 앞에서 만나."

뚝! 전화가 끊겼다. 근심스러운 표정으로 눈을 끔벅거리던 노빈손은 갑자기 말숙이에게 상품을 줬다는 퀴즈 사이트를 마구 원망하기 시작했다.

"순 엉터리 사이트 같으니라구. 대체 얼마나 쉬운 퀴즈를 냈기에 말숙이가 정답을 맞췄단 말야? 프랑스랑 불란서가 서로 다른 나라라고 박박 우기는 애가."

그날 밤, 노빈손은 밤새 베개에 얼굴을 파묻고 간절히 기도를 올렸다. 산신령님, 부디 내일 에버랜드 놀이기구들이 다 고장나게 해주세요…라고.

정문 앞은 일찍부터 사람들로 붐볐다. 나들이 나온 가족들과 데이트를 하러 온 젊은 남녀들 사이로 외국인들의 모습도 심심찮게 눈에 띄었다. 이리저리 두리번거리는 노빈손에게 귀에 익은 걸걸한 목소리가 들렸다.

"여기야, 여기."

노빈손은 소리가 들려온 쪽을 향해 냉큼 고개를 돌렸다. 하지만 평소 같으면 아무리 먼 곳에서도 한눈에 알아보았을 말숙이의 오동통한 모습이 오늘은 왠지 선뜻 눈에 띄질 않았다. 어디 마땅히 숨을 곳도 없고 그렇다고 사람들 뒤에 숨을 정도로 날씬하지도 않은데 이상한 일이었다.

내가 잘못 들었나? 그런 목소리를 가진 사람이 또 있을 리가 없는데……. 노빈손은 고개를 갸웃거리며 다른 곳으로 눈길을 돌렸다. 그때였다.

"여기라니까!"

망치로 놋대야를 두드리는 것 같은 껄끄러운 목소리에 이어 해머로 땅바닥을 내리치는 듯한 육중한 발걸음 소리가 등 뒤에서 들려왔다. 쿵! 쿵! 쿵! 노빈손은 지축이 은은하게 흔들리는 걸 느끼며 뒤쪽으로 빙글 몸을 돌렸다. 그 순간,

"허걱!"

노빈손의 입이 떡 벌어지며 바람이 새는 듯한 신음이 흘러나왔다. 말숙이가 상상을 초월하는 엽기적인 모습으로 눈앞

남성과 여성의 목소리가 다른 이유

여성과 남성의 목소리는 쉽게 구별이 된다. 여성의 목소리가 남성과 비교해 가볍고 높은 음으로 나는 이유는 여성의 성대 길이가 남성에 비해 짧기 때문이다. 보통 남성의 성대 길이는 12mm이나 여성의 경우는 9mm밖에 안 된다. 작은 성대는 큰 성대에 비해 빠른 진동을 한다. 이것은 마치 작은 종이 울릴 때는 높은 소리가 나지만 큰 종이 울릴 때 나는 소리는 낮으면서 안정되게 들리는 것과 마찬가지 원리다.

에 나타났던 것이다.

오렌지색으로 염색한 두 갈래 머리, 새파란 선글라스, 샛노란 배꼽티, 게다가 덥지도 않은지 목에는 빨간 스카프까지 매고 있었다. 털털하다 못해 후줄근하던 평소 모습과는 너무나도 다른 파격적인 변신이었다.

"으으으."

"왜 그래? 쉬 마려운 강아지처럼."

"너… 너 말숙이 맞아?"

"당근이지. 나씨 가문의 무남독녀 나말숙이라구."

"목소리로 봐선 분명히 맞긴 맞는데……."

"나 오늘 어때? 꼭 모델 같지 않니? 으하하하―."

"허거걱!"

노빈손이 아까보다 훨씬 더 큰 신음을 내뱉었다. 너털웃음을 터뜨린 말숙이의 두툼한 입술 틈새로 뭔가 이상한 것이 번쩍거리고 있었던 것이다. 햇빛을 받아 은색으로 빛나는 그 물체는 다름 아닌 치아 교정기였다.

"그, 그건 또 뭐야? 교정기는 언제 달았어?"

"이거? 어저께."

"왜? 언제는 덧니가 니 매력 포인트라며?"

"생각이 바뀌었어. 나도 이제 어엿한 숙년데 치아가 가지런해야지. 안 그래?"

"끄응."

노빈손은 고개를 절레절레 흔들며 말숙이를 유심히 관찰했다. 볕이 뜨거워서 그런지 양쪽 볼의 주근깨가 오늘따라 유난히 더 많아진 것 같았다. 왠

지 어디서 본 듯한 모습이었지만 그게 어디였는지는 잘 떠오르지 않았다. 말괄량이 삐삐였던가? 아니면 캔디에 나오는 하녀? 알프스 소녀 하이디의 동네 친구?

곰곰이 기억을 더듬는 노빈손에게 말숙이가 씩씩하게 말했다.

"들어가자."

"응? ㄱ, 그래."

마침내 올 것이 왔구나……. 노빈손은 간절한 표정으로 하늘을 올려다보았다. 이럴 때 소나기라도 좀 쏟아지면 좋으련만 야속하게도 하늘은 구름 한 점 없이 쨍쨍했다.

말숙이의 억센 손아귀에 이끌려 정문으로 걸어가는 노빈손의 눈빛이 엄마 잃은 송아지처럼 처량하게 변하고 있었다.

정문에서 만난 외국인

"어서 오십시오."

정문에 서 있던 예쁜 안내원이 상냥한 목소리로 두 사람을 맞았다.

"이 종이 팔찌를 손목에 감으세요."

"이게 뭔데요?"

"자유이용권 표시입니다. 놀이기구를 탈 때 이걸 보여 주셔야 해요."

"근데 왜 하필 파란색이에요?"

"이건 매일 색깔이 바뀐답니다. 오늘은 파란 날이구요."

"싫어요. 빨간색으로 주세요. 그래야 스카프랑 세트로 어울리죠."

"호호, 이건 손님 맘대로 바꿀 수가 없는 거예요. 파란색도 예쁜데요, 뭐. 뒤에서 다른 손님들 기다리시니까 어서……."

"싫다니까요. 이거 하나 때문에 내 패션을 망가뜨릴 순 없단 말이에요."

말숙이가 버티고 서서 고집을 부리자 안내원은 몹시 난처한 표정을 지으며 노빈손을 쳐

꿈과 희망의 놀이공원 에버랜드
1976년, 자연농원으로 시작한 에버랜드는 40여 개의 최신 놀이기구와 세계 유일의 복합 야생 사파리 월드, 1985년 장미축제를 시작으로 한 사계절 꽃 축제, 국내 최장의 스노우버스터를 갖춘 「페스티발 월드」와 세계 최고의 실내외 워터파크 「캐리비안 베이」를 갖춘 세계적인 테마파크로 많은 사람들에게 꿈과 행복을 주는 놀이공원이 되고 있다.

다보았다. 그러자 노빈손은 짐짓 엄한 표정을 지으며 근엄한 말투로 말숙이를 나무랐다. 예쁜 안내원에게 최대한 멋있게 보이기 위해서였다.

"어허! 말숙아. 너 왜 그러느냐? 고집 부릴 걸 부려야지."

"어쭈, 요게? 맞고 싶어?"

말숙이가 솥뚜껑 같은 주먹을 휙 치켜들었다. 이크! 노빈손은 어깨를 움찔하며 어금니에서 딱 소리가 날 정도로 입을 꽉 다물어 버렸다. 안내원이 어이없다는 표정으로 노빈손을 쳐다보는 순간, 뒤쪽에서 누군가의 성난 목소리가 들려왔다.

"헤이! 컬러풀 걸! 퀵퀵!!(이봐! 울긋불긋한 아가씨! 빨리 좀 들어가!!)"

목소리의 주인공은 등이 구부정한 외국 노인이었다. 눈이 부리부리하고 콧날이 오똑한 걸로 봐서 젊었을 때는 꽤 미남이었을 것 같은 그 백인은 옷차림이 매우 특이했다. 티셔츠와 반바지는 물론이고 샌들까지 죄다 얼룩덜룩한 표범 가죽이었던 것이다. 말숙이의 총천연색 엽기 패션에 못지않은 황당하고 야릇한 패션이었다.

이 푹푹 찌는 한여름에 가죽 옷이라니? 노빈손은 멍한 표정으로 그를 쳐다보았다. 이상한 건 노인 역시 멍한 표정으로 이쪽을 쳐다보고 있다는 점이었다. 부리부리하던 눈빛은 말숙이의 얼굴을 보는 순간 멍해지더니 좀처럼 회복되지 않았고, 영문을 모른 채 상대를 쳐다보던 말숙이의 눈빛 역시 덩달아 멍해졌다. 마침내 안내원의 눈빛까지 멍히게 변하는 순간, 뒤쪽에서 사람들의 고함이 잇달아 터져나왔다.

"뭐하는 거야, 빨리 안 들어가고."

"어이! 귤색 머리 처녀! 거기서 밤샐 거야?"

"빛나리 총각! 다리에 쥐라도 났수?"

"헬로, 레오파드 맨! 와이 두유… 거시기… 왜 그러고 있는겨?"

말숙이는 그제야 사람들의 눈초리를 의식한 듯 뾰로통한 표정으로 안내원에게 손목을 내밀었다. 쿵쾅거리며 정문을 통과하는 말숙이를 긴장된 표정의 노빈손이 종종걸음으로 뒤따랐다. 오늘 말숙이에게 봉변을 안 당하려면 아무래도 단단히 조심을 해야 할 것 같았다.

"왜 그랬을 거 같애?"

디카 전원을 켜며 말숙이가 물었다.

"뭐가?"

"아까 그 백인이 왜 날 그렇게 넋을 잃고 쳐다봤을 거 같냐구."

왜긴, 니 몰골이 하도 요상해서 그런 거지…라고 속으로 중얼거린 후, 노빈손은 공손한 표정으로 대꾸했다.

"멋있어서 그랬겠지 뭐."

"그렇지? 내 생각도 그래. 그 사람은 아마……."

"아마?"

"디자이너였을거야. 삐에르 가르뎅처럼 유명한 패션 디자이너. 틀림없어. 그래서 날 보고 그런 황홀한 표정을 지었던 거야. 아! 코리아에 저런 아름다운 모델이 있을 줄이야… 이러면서 말야."

"무슨 디자이너 옷이 그러

세계의 놀이공원 1. 호주의 원더랜드
호주의 시드니에서 서쪽으로 40km 떨어진 곳에 있는 원더랜드는 아름다운 전경과 210헥타르의 넓은 면적을 자랑한다. 입장권을 구입하면 모든 놀이 기구와 슬라이드 타기, 그리고 각종 쇼를 무제한으로 즐길 수 있다. 특히 코알라를 안아 보고 642마리의 호주산 동물들을 바로 코앞에서 만날 수 있다.

냐? 원시인처럼 표범 가죽을 두르고 있던데."

"바보야. 그게 바로 확실한 증거야. 그건 일류 디자이너만이 연출할 수 있는 최첨단 패션이었다구."

말숙이는 몽롱한 표정으로 거울에 제 모습을 이리저리 비춰 보았다. 그리고는 궁둥이를 좌우로 흔들며 이상한 폼으로 성큼성큼 걷기 시작했다.

윽! 쟤가 왜 저래, 코끼리같이…… 노빈손이 기겁을 하며 물었다.

"뭐하는 거야?"

"보면 몰라? 워킹하는 거잖아. 혹시 아니? 그 디자이너가 몰래 날 지켜보고 있을지. 원, 투, 쓰리, 사뿐사뿐… 어때? 멋있지?"

바보야, 그건 사뿐사뿐이 아니라 뒤뚱뒤뚱이야…… 노빈손은 입술을 달싹거리며 최대한 멀찌감치 떨어진 채 천천히 말숙이의 뒤를 따랐다. 누군가 이쪽을 자꾸 쳐다보는 것 같은 느낌이 들었지만 굳이 확인하고 싶은 생각은 없었다. 저렇게 유난스럽게 구는 애를 안 쳐다보고 그냥 지나가면 오히려 그게 더 이상한 일일 테니까.

꾀병 부리는 노빈손

널컹널컹— 절걱절걱—

허공에서 갑자기 뭔가 심상치 않은 소리가 들려왔다. 허걱! 노빈손의 얼굴이 파랗게 질리는 순간, 그보다 훨씬 더 공포스러운 소리가 귓속으로 파고들었다.

두두두두두—

우르르르릉—

노빈손의 얼굴이 파랗다 못해 얼음처럼 새하얗게 변했다. 소리나는 쪽을 힐끔 올려다보니 기다랗게 생긴 열차가 엄청난 속도로 레일 위를 질주하고 있었다. 귀청을 뒤흔드는 굉음과 함께 나선형으로 곤두박질치는 무시무시한 열차! 코스 길이만 해도 무려 1킬로미터가 넘는 그 놀이기구의 이름은 〈독수리 요새〉였다.

"와! 빈손아, 저거 좀 봐."

"<u>으 으</u>."

"엄청 재밌겠다, 그치?"

"<u>으 으 으</u>."

"우리도 타자. 일단 저거 먼저 타고, 그 담에 보이는 순서대로 하나씩 타는 거야, 어때?"

"으허허헝."

노빈손은 배고픈 당나귀처럼 낑낑거리며 바닥에 털썩 주저앉았다. 갑자기 속이 메슥거리면서 머리가 축구골대에 헤딩했을 때처럼 띵 하고 울려 왔다. 온몸에서 식은땀이 비오듯 흐르는 바람에 땡볕인데도 부르르 오한이 날 정도였다. 흐릿한 눈꺼풀 너머로 말숙이의 은빛 이빨이 어렴풋이 보였다.

"왜 그래, 갑자기?"

세계의 놀이공원 2. 미국의 유니버설 스튜디오

미국 로스앤젤레스의 촬영소 속에 건설한 영화촌으로, 야외 대규모 세트와 영화 기법을 소개하는 스튜디오를 구경할 수 있다. 죠스나 킹콩 로봇이 영화 그대로 세트 속에서 버스를 향해 습격해 오는 체험, 대지진과 대홍수, 그리고 공상과학영화와 액션영화의 특수 기법이 소개된다. 또 관객에게 우주인 등의 역할을 주어 우주 전투 장면을 함께 연기하여 상영하기도 한다.

“배, 배탈이……..”

“웬 배탈? 먹은 것도 없는데.”

“어제 저녁 먹은 게 얹혔나 봐.”

“말도 안 돼. 어제 먹은 게 왜 지금 탈이 나?”

“나, 나도 몰라. 천천히 먹어서 그런가?”

이거야 원……. 말숙이는 난감한 얼굴로 노빈손을 내려다보았다. 끙끙대는 노빈손이 가여웠는지 입으로는 투덜대면서도 얼굴엔 약간 안쓰러운 기색이 떠오르는 것 같기도 했다. 옳거니, 바로 이때다! 노빈손은 기회를 놓칠세라 최대한 불쌍한 표정을 지으며 힘겨운 목소리로 입을 열었다.

“안 되겠다. 저건 오후에 타고, 일단 동물원으로 가자.”

“동물원?”

“그래. 동물원도 재밌잖아. 오전엔 그쪽에서 놀다가…….”

“다 큰애가 무슨 동물원이니? 시시하게. 난 놀이기구 타러 왔단 말야.”

“에고, 배야! 아이고오—.”

노빈손은 다시 한 번 목청을 높여 신음을 내뱉으며 말숙이의 눈치를 살폈다.

다리를 뻗고 떼를 쓰던 노빈손이 아예 바닥에 데굴데굴 구를 기미를 보이자 말숙이도 결국 어쩔 수 없다는 듯 고개를 끄덕이고 말았다.

“알았어. 대신 오후엔 꼭 타야 돼. 알았지?”

세계의 놀이공원 3. 루마니아의 드라큘라 랜드
전설상의 흡혈귀로 전해지는 드라큘라 백작의 고향 루마니아에 '드라큘라 랜드'라는 이름의 놀이공원이 생긴다. 드라큘라 백작의 본명은 블라드 쩨뻬쉬(Vlad Tepes) 백작. 15세기 전쟁영웅이었던 그는 강직한 정치인으로 당대 루마니아인들의 존경을 받았지만, 적군 포로 등에 대해서는 매우 잔혹한 처벌을 내렸다. 특히 그는 범죄자들의 몸에 꼬챙이나 말뚝을 박는 끔찍한 형벌을 가한 것으로 유명해, 1897년 아일랜드 소설가 블램 스토커의 소설 〈드라큘라〉의 모델이 됐다.

“다, 당근이지. 빨리 가자, 동물원으로.”

노빈손은 벌떡 일어나 황급히 동물원 쪽으로 걸음을 옮겼다. 무시무시한 〈독수리 요새〉로부터 단 1미터라도 더 멀리 벗어나고 싶었던 것이다. 갑자기 힘이 펑펑 솟는 듯 부리나케 달려가는 노빈손을 말숙이가 의심스러운 눈초리로 따라가고 있었다.

★ 지구가 끌어당긴다! 중력 ★

〈독수리 요새〉나 〈환상특급〉처럼 아찔하고 짜릿한 롤러코스터는 멋진 놀이기구인 동시에 훌륭한 과학 실험장이다. 연료도 없고 운전기사도 없이 꾸불꾸불한 레일 위를 쏜살같이 달리며 공중에서 360도 회전까지 하는 롤러코스터에는 과연 어떤 과학 원리들이 숨어 있을까? 첫번째 열쇠는 중력이다.

새똥을 떨어뜨리는 중력

중력이란 '지구가 물체들을 지구 중심 쪽으로 끌어당기는 힘'을 말한다. 하늘로 던진 돌멩이가 땅으로 떨어지고 새똥이 우리의 머리 위로 떨어지는 건 전부 다 중력 때문. 만일 중력이 없다면 우리는 땅 위에 서서 살 수 없고, 담에서 뛰어내린 고양이는 영원히 공중에서 붕붕 떠다니게 될 것이다.

롤러코스터를 움직이는 가장 중요한 힘 역시 중력이다. 기계가 하는 일이라고는 맨 처음에 열차를 레일 꼭대기로 끌어올려 놓는 것밖에 없다. 그 다음부터는 아무런 힘을 가하지 않아도 중력에 의해 저절로 아래로 떨어져 내리기 때문이다.

중력의 존재를 모르던 옛날 사람들은 공중으로 던진 물체가 왜 도로 땅으로 내려오는지 제대로 설명하지 못했다. 2천3백 년 전에 세계에서 가장 똑똑했던 아리스토텔레스는 이렇게 말했다고 한다.

오랫동안 진리로 통하던 이 아리송한 대답은 5백 년 전에 코페르니쿠스가 '지동설'을 발표하는 바람에 빵점짜리로 변하고 말았다. '관성의 법칙'과 '낙하 운동의 법칙'을 발견한 갈릴레이도 중력의 정확한 원리와 계산법은 밝혀내지 못했다. 새로운 모범 답안을 제시한 건 영국의 천재 물리학자 뉴턴(1642~1727)이었다.

뉴턴에게 힌트를 준 건 빨갛게 익은 한 알의 사과였다. 25세 때 정원에서 달밤에 체조를 하던 그의 머리 위로 갑자기 잘 익은 사과 하나가 뚝 떨어져 내린다. 뉴턴은 그 사과와 밤하늘의 달을 번갈아 쳐다보며 생각에 잠겼다. "사과는 밑으로 떨어지는데 달은 왜 안 떨어지는 걸까?"

의문은 꼬리에 꼬리를 물고 이어졌다. 달은 왜 우주 공간으로 달아나지 않고 지구를 따라다닐까? 혹시 지구가 달을 끌어당기는 건 아닐까? 달이 지구를 향해 떨어진다면 그 속도는 사과의 낙하 속도와 같을까, 다를까? 그런데 달은 왜 지구에 부딪치지 않고 덜 떨어진 녀석처럼 주위만 뱅뱅 도는 거지? 등등.

그로부터 18개월. 끈질긴 연구 끝에 뉴턴은 마침내 모든 궁금증을 풀어 줄 위대한 발견을 하기에 이른다.

무슨 말인지 하나도 모르는 독자들을 위해 지금부터 뉴턴의 산수를 국어로 바꿔서 설명해 보겠다.

(1) 모든 물체들은 서로 끌어당긴다. 지구와 사과, 지구와 달, 지구와 태양 등 우주의 모든 물체들(=만유) 사이에는 상대를 자기의 중심 쪽으로 끌어당기는 힘(=인력)이 작용하고 있다. 바로 이게 '만유인력의 법칙' 이다.

(2) 만유인력은 물체들의 질량의 곱에 비례하고 거리의 제곱에 반비례한다. 쉽

게 말해서, 질량의 곱이 2배로 커지면 끌어당기는 힘도 2배 강해지지만 거리가 2배 멀어지면 당기는 힘은 1/4로 폭삭 줄어든다는 얘기다. 뉴턴의 복잡한 공식은 이런 쉬운 얘기를 엄청 어렵게 적어 놓은 것이다.

마침내 풀린 돌멩이의 수수께끼

뉴턴은 만유인력의 법칙을 발견함으로써 수천 년간 과학자들을 괴롭힌 '돌멩이의 수수께끼'를 마침내 해결했다. 돌멩이를 땅으로 떨어뜨리는 중력의 근원은 지구와 돌멩이 사이의 만유인력이었던 것이다.

뉴턴은 그 힘이 지구와 돌멩이뿐만 아니라 지구와 달 사이에서도 똑같이 작용하는 우주의 법칙임을 밝혀냈다. 그리고 지구가 달을 끌어당기는 힘의 크기를 밝혀냈다. 뉴턴의 계산에 의하면 달은 1초에 약 1.4mm씩 지구 쪽으로 떨어져 내린다.

그러면 왜 달은 지구에 부딪치지 않고 주위를 빙빙 도는 걸까? 그건 원심력과 구심력의 균형 때문이다. 지구가 끌어당기는 중력(구심력)과 가던 길로 곧장 가려는 달의 관성(원심력)이 균형을 이룬 덕분에 우리는 달에 머리를 부딪히지 않고 밤마다 무사히 달구경을 할 수 있는 것이다.

지금까지 여러분들은 중력의 의미에 대해 배웠다. 아주 쉽지? 잠시 후 48페이지에서는 아예 뉴턴을 따라잡을 수 있도록 해주겠다. 기대하시라.

2

터프 가이 말숙이

"뭐부터 구경할까? 원숭이? 북극곰? 아니면……."

"노우! 난 몽키나 베어는 싫어. 난… 엄……."

간밤에 영어책을 베고 자기라도 했는지 말숙이는 갑자기 혀를 엄청 굴리며 외국사람 흉내를 냈다. 그리고는 동물원 주변을 빙 둘러보다가 뭔가 대단한 걸 발견한 듯한 표정으로 말했다.

"난 페링을 보러 갈래."

"페링? 그게 뭐야?"

"넌 본토 발음은 전혀 못 알아듣는구나. 촌스럽게. 페팅 말야, 페팅."

"글쎄 그런 게 어디 있냐구."

"오 마이 갓! 넌 다 큰애가 잉글리쉬도 못 읽니?"

말숙이는 은근히 거만한 표정을 지으며 손가락으로 저만치 앞쪽을 가리켰다. 낮은 울타리로 둘러싸인 그곳의 입구엔 이런 간판이 걸려 있었다.

〈Petting Zoo〉

"룩! 페팅 쥬라고 적혀 있지? '쥬'가 동물원이라는 뜻이니까 저기가 바로 페팅이 있는 동물원이잖아. 언더스탠?"

말숙이는 어깨가 귀에 닿을 정도로 으쓱거리며 의기양양하게 노빈손을 쳐다보았다. 하지만 노빈손은 왠지 말숙이가 엄청 측은하고 딱하다는 듯한 표정을 짓고 있었다. 어찌 보면 억지로 웃음을 참고 있는 것 같기도 했다.

"왜 그런 눈으로 쳐다보고 그래?"

"제발 아는 척 좀 하지 마. 니 눈엔 저게 동물 이름으로 보이니?"

"그럼 뭔데?"

"페팅은 동물이나 아기를 사랑스럽게 어루만진다는 뜻이야. 저긴 동물들

을 직접 만져 볼 수 있게 풀어놓은 곳이라구."

"…그래?"

말숙이는 잔뜩 기죽은 표정으로 눈을 끔벅거렸다. 만루홈런 친 타자처럼 으쓱거리던 어깨가 어느새 만루홈런 맞은 투수처럼 힘없이 아래로 처져 있었다. 아까와는 반대로 이번엔 노빈손의 얼굴이 한없이 거만하게 바뀌기 시작했다.

"뜻도 모르면서 혀만 굴리면 다냐?"

울그락─. 말숙이의 얼굴색이 변했다.

"지난번엔 인도가 인도네시아의 준말이라고 우기더니만, 오늘은 뭐? 페팅 보러 간다구? 내가 진짜 어이가 없어서."

불그락─. 말숙이의 얼굴색이 또 변했다.

"솔직히 말해 봐. 너 퀴즈 사이트에서 컨닝했지?"

우드득─. 말숙이의 주먹에서 묵직한 소리가 들렸다. 하지만 모처럼 뻐길 기회를 잡은 노빈손은 너무 신이 난 나머지 그 소리를 듣지 못했다. 뭔가 심상치 않은 분위기를 느끼고 퍼뜩 정신을 차렸을 때는 이미 말숙이의 무쇠 주먹이 번개처럼 허공을 가른 뒤였다.

휘이익!

퍽!!

그리고 이어지는 처량한 소리.

"어흐흐……."

노빈손은 배탈 난 염소처럼

동물들도 노는 걸 좋아할까?
많은 등뼈 동물들이 놀이를 하면서 즐거움을 느끼는 듯한 사례가 관찰되었다. 어린 돌고래 새끼는 물속에서 몸이 떠 있는 상태를 즐긴다. 물소는 얼음 위에서 스케이트를 즐긴다. 또한 쥐가 놀이를 하는 동안에 뇌 안에서 사람들이 즐거움을 느낄 때 분비되는 도파민이라는 물질이 분비되는 것이 확인되었다. 일부 동물도 사람처럼 즐거움을 느낀다는 이야기이다.

힝힝거리며 두 손으로 머리를 싸맸다. 치사하게 머릴 공격하다니. 가뜩이나 숱도 없는 내 머리를. 심한 충격을 받으면 머리털이 더 빠진다는데……. 눈물이 그렁그렁한 눈으로 원망스레 쳐다보는 노빈손에게 말숙이가 총잡이처럼 주먹을 후후 불며 음산하게 말했다.

"운 좋은 줄 알아. 미끄러운 덕분에 빗나간 거야."

동물원에서 생긴 일 1

울타리 안에는 여러 종류의 동물들이 있었다. 양들이 사람에게 등을 내맡긴 채 순한 눈망울을 깜박거렸고, 염소들은 수염을 휘날리며 종종걸음을 쳤다. 작고 앙증맞은 토끼들, 뒤뚱거리며 오가는 거위들, 그리고 코를 땅에 박은 채 꿀꿀거리는 돼지들… 한쪽 구석에선 누렁소와 젖소가 덩치 값을 하려는 듯 점잖게 엎드려 있었다.

아이 어른 할 것 없이 다들 즐거운 표정으로 동물들을 쓰다듬고 있는 걸 보며 노빈손은 두 가지 감정이 동시에 떠오르는 걸 느꼈다. 하나는 자기 말이 맞았다는 뿌듯함. 그리고 또 하나는 말숙이에게 맞았다는 서러움이었다. 아무래도 오늘은 이래저래 맞을 일이 많은 운세인 모양이었다.

"야! 날마시안이다."

말숙이가 환호성을 지르며 작은 우리 앞으로 뛰어갔다. 영화를 통해 일약 세계적인 스타로 떠오른 점박이 견공들. 온몸에 얼룩무늬가 선명한 달마시안 몇 마리가 아이들에게 둘러싸인 채 인기를 독차지하고 있었다.

와글거리는 구경꾼들 뒤에서 잠시 고개를 빼고 기웃거리던 말숙이는 아이 하나를 다짜고짜 밀어내고 그 자리를 빼앗았다. 그리고는 노빈손의 자리를 만들어 준답시고 또 한 아이를 엉덩이로 떠밀었다.

"우씨! 저 아줌마 뭐야?… 경찰에 확 신고할까 부다……."

아이들이 자기를 황야의 무법자 보듯 노려보고 있다는 걸 아는지 모르는지, 말숙이는 들뜬 목소리로 신나게 종알거렸다.

"세상에! 너무 예쁘지 않니? 어쩜 비디오에서 본 거랑 저렇게 똑같이 생겼을까? 너도 그 영화 봤지? 〈101마리 달마시안〉 말야."

안 똑같은 게 이상한 거지. 그 개들이나 이 개들이나 똑같은 달마시안인데. 그럼 뭐 개들이 영화 출연한다고 단체로 성형수술이라도 했을까 봐? 당연한 걸 가지고 그렇게 동네 시끄럽게 호들갑을 떨고 있담……. 노빈손은 혼자 입술을 달싹거린 다음 별 흥미 없다는 표정으로 시큰둥하게 말했다.

"이쁘면 뭐해? 실속이 없는데."

"왜?"

"울 엄마가 그랬거든. 개는 뭐니뭐니해도 누런 똥개가 최고라고 말야. 저런 애들은 질겨서 별로 맛이 없대."

"으으."

말숙이는 마치 식인종이라도 본 것 같은 혐오스런 얼굴로 노빈손을 노려보았다. 야만인 같으니라구. 저렇게 사랑스런 애들을 식량 취급하다니. 넌 사랑

얼룩 무늬의 개, 달마시안
달마시안은 특유의 점박이 무늬로 사랑받는 견종. 위엄 있는 자태와 깔끔한 기질을 갖고 있으며 인내심도 강한 달마시안은 오래 전 인도 북부에서 집시들과 함께 동유럽으로 온 것으로 전해진다. 나중에 영국에 전해져 장거리 마차를 호위하고, 소방수의 길을 터주는 역할을 하였다. 이런 전통 때문인지 달마시안은 뛰어다니면서 운동을 하는 것을 좋아한다.

이 뭔지도 모르는 천하의 악당이야… 그런 표정이었다.

하지만 노빈손은 그러는 말숙이가 도무지 이해가 되질 않았다. 지나가는 개들을 보고 군침을 흘리며 입맛을 쩝쩝 다실 때는 언제고 이제 와서 연약한 척을 한단 말인가. 그뿐이 아니다. 몇 달 전엔 옆집에서 강아지 세 마리를 얻어다가 이름까지 아예 초복이, 중복이, 말복이라고 짓지 않았던가. 녀석들은 말숙이의 시커먼 속도 모른 채 살이 통통하게 오른 모습으로 무럭무럭 자라고 있는 중이었다.

"괜히 순진한 척하지 말고 한번 골라 봐. 어떤 녀석이 젤 푸짐할 거 같애? 내가 보기엔… 옳지! 쟤가 좀 실해 보이는데?"

우리 안을 훑어보던 노빈손이 그 중 한 마리를 손으로 가리켰다. 다른 개들에 비해 약간 덩치가 크고 눈이 맑은 그 달마시안은 영문도 모른 채 노빈손을 올려다보며 분홍색 혀를 낼름거렸다. 그러다가 문득 귀를 쫑긋 세우는가 싶더니, 다음 순간,

"컹! 크르르르—."

이상한 일이었다. 녀석이 갑자기 노빈손을 사나운 눈초리로 노려보며 마구 짖어대기 시작한 것이다. 마냥 온순하게만 보이던 달마시안이 느닷없이 들개처럼 터프하게 변할 줄이야. 녀석의 예상치 못한 행동에 기겁을 한 노빈손은 헉 소리를 내며 뒷걸음질을 치다가 그만 누군가의 발을 꽉 밟고 말았다.

"이크! 죄송합니… 어라?"

사과를 하던 노빈손의 표정이 멍청해졌다. 낯익은 얼굴 하나가 부리부리한 눈으로 자기를 쳐다보고 있었던 것이다. 표범 가죽으로 온몸을 치장한 늙은 백인. 아까 정문에서 잠깐 마주쳤던 바로 그 노인이었다.

"아, 안녕하세요?"

"노우!"

"죄송… 아니지. 아임 쏘리. 유어 풋 오케이?"

"노우!!"

"저어… 그러니까… 제가 일부러 밟은 게 아니라… 도그가 바우와우 하는 바람에… 백스텝을 하다가……"

상대가 몹시 화가 났다고 여긴 노빈손은 영어로 뭔가 변명을 하려 했지만 막상 외국인 앞에 서니 도무지 입이 열리질 않았다. 어쩔 줄 몰라 하며 눈만 데굴데굴 굴리는 노빈손에게 노인이 무뚝뚝한 목소리로 말했다.

"발 치워."

"네? 네에……"

노빈손은 그제야 자기가 아직도 노인의 발을 밟고 있다는 걸 깨달았다. 전봇대에 실례하는 멍멍이처럼 엉거주춤한 폼으로 한쪽 다리를 드는 순간, 누군가가 쿵쾅거리며 달려와 노인에게 넙죽 고개를 숙였다. 말숙이였다.

"죄송합니다. 제가 대신 사과 드릴게용."

상대가 패션 디자이너라고 철석같이 믿고 있는 말숙이는 조금이라도 예쁘게 보이기 위해 있는 표정, 없는 표정 다 지으며 열심히 애교를 떨었다. 노인은 그런 말숙이를 물끄러미 쳐다보다가 긴가민가 하는 표정으로 입을 열었다.

"가이아리엘니!"

"…예?"

"찌마리엘! 나것르모나? 께랑이잔타!!"

말숙이와 노빈손은 멍한 표정으로 서로를 바라보았다. 상대가 무슨 말을 하는지 도무지 알아들을 수가 없었던 것이다. 찌마리엘? 께랑이잔타? 대체 이게 어느 나라 말이야?

"저어, 죄송하지만 한국말로 좀……."

노빈손이 뒤통수를 긁적이며 조심스럽게 말했다. 조금 전에 노인이 한국말을 했던 걸 뒤늦게 기억해냈던 것이다. 그러나 노인은 한동안 말숙이를 훑어보더니 더 이상 아무 말도 하지 않고 조용히 사람들 틈으로 사라져 버렸다. 우리 안에서는 달마시안이 여전히 노빈손을 노려보며 컹컹 짖고 있었다.

동물원에서 생긴 일 2

"대체 그 할아버지가 뭐라고 그런 거야?"

말숙이가 물었다.

"낸들 아냐? 한 번도 들어 본 적이 없는 괴상한 언어였는데. 영어도 아니고, 불어나 스페인어도 아니고… 혹시 아프리카 말인가?"

"그럼 그분이 아프리카 디자이너란 말야?"

"끄응, 넌 아직도 그 디자이너 타령이냐?"

"혹시 그 말이 이런 뜻 아니었을까? 부디 모델이 되어 주십쇼, 가문의 영광으로 알겠습니다… 아무래도 그랬을 거 같애. 그냥 무조건 고개를 끄덕일걸 그랬지?"

말숙이는 여전히 그 노인이 패션 디자이너라고 믿는 모양이었다. 그리고 그가 자기에게 홀딱 반했다고 믿는 모양이었다. 말숙이의 황당무계한 자아도취에 넌더리가 난 노빈손은 화제를 바꾸기 위해 얼른 다른 얘기를 꺼냈다.

"근데, 그 달마시안은 왜 갑자기 그렇게 사납게 짖었을까?"

"니가 자길 식량 취급한다는 걸 눈치 챈 모양이지 뭐."

"말도 안 돼. 개가 어떻게 사람 말을 알아듣냐?"

"혹시 알아? 니가 전생에 멍멍이였을지."

"쳇, 그러는 넌? 넌 전생에 분명히……"

노빈손은 말을 하다 말고 잠시 머뭇거렸다. 말숙이가 전생에 뭐였을지 판단하기가 매우 어려웠던 것이다. 하는 짓을 보면 여우 같고, 덩치를 보면 곰 같고, 걸음걸이를 보면 펭귄 같기도 하고……. 어쩌면 그 동물들을 두루 거쳐서 비로소 사람으로 환생했을지도 모른다는 생각이었다. 물론 그런 말을 입 밖으로 꺼낼 용기는 차마 나지 않았지만.

"왜 말을 하다 말아?"

"아니 뭐… 잘 모르겠네."

"호호, 내가 가르쳐 줄까? 난 전생에 분명히 새였을 거야."

"새?"

"그래. 날렵하게 비상하는 물찬 제비였거나, 해맑게 지저귀는 종달새였거나, 아니면 희망을 상징하는 파랑새였거나."

새 좋아하시네. 하긴, 펭귄도 새는 새니까… 삐죽거리며 걸어가던 노빈손이 갑자기 환호성을 지르며 쪼르르 앞으로 달려갔다. 구경꾼들이 잔뜩 몰려 있는 그곳은 침팬지와 오랑우탄이 살고 있는 유인원 우리였다.

"히히히, 쟤 좀 봐. 참 괴상하게도 생겼네."

노빈손이 오랑우탄 한 마리에게 손가락질을 하며 키득거렸다. 얼굴에 세숫대야만한 지방 덩어리를 매달고 있는 커다란 수컷이었다. 녀석은 웃음소리를 듣더니 어슬렁거리며 창살 앞으로 다가와 노빈손을 빤히 쳐다보았다. 뭐 저런 이상하게 생긴 녀석이 다 있느냐는 듯한 표정이었다.

"임마! 넌 얼굴이 뭐 그러냐? 심술보가 덕지덕지 붙어가지구. 그래도 남자라고 장가는 간 모양이지? 새끼가 있는 걸 보니까."

히죽거리던 노빈손의 눈이 갑자기 둥그렇게 변했다. 오랑우탄이 엄청 가

소롭다는 듯한 표정을 지으며 자기를 위아래로 훑어보았던 것이다. 니가 지금 남의 얼굴 가지고 이러쿵저러쿵 할 때냐라는 듯이.

어쭈, 요게? 노빈손은 은근히 자존심이 상하는 걸 느끼며 눈에 팍 힘을 주고 오랑우탄을 노려보았다. 그러자 오랑우탄 역시 이마를 잔뜩 찌푸리고 이빨을 드러내며 노빈손을 매섭게 노려보기 시작했다.

"요 녀석 엄청 발칙하네. 뭘 봐, 짜샤?"

오랑우탄이 팔을 번쩍 들어 손가락으로 노빈손의 얼굴을 가리켰다. 니 얼굴 본다, 왜? 라는 듯이. 노빈손이 씩씩거리며 물었다.

"이게 진짜… 너 오늘 한번 붙어 볼래?"

놀랍게도 오랑우탄이 고개를 끄덕였다. 그리고는 권투선수 같은 자세를 취하며 노빈손에게 손을 까딱거렸다. 덤벼라, 털 없는 놈아…라는 듯이. 한동안 멍한 표정을 짓고 있던 노빈손은 그제야 이게 도저히 말도 안 되는 상황임을 깨달았다. 어떻게 오랑우탄이 사람의 말을 꼬박꼬박 알아듣고 반응을 보인단 말인가. 그것도 세 번씩이나.

"말숙아, 너도 봤지? 저녀석이 지금 내 말을 다… 어라?"

고개를 돌리던 노빈손의 눈빛이 또다시 멍해졌다. 아까 이상한 말을 남기고 사라졌던 노인이 또다시 나타나서 제 옆에 서 있었던 것이다. 말숙이가 마치 돌아가신 조상님을 다시 뵌 사람처럼 반가운 표정으로 노인에게 깍듯이 인사를 하고 있었다.

오랑우탄은 내 친구
다리보다 팔이 훨씬 긴 오랑우탄은 말레이어에서 비롯된 말로 '숲속의 사람'이란 뜻이다. 동작이 느리고 차분한 성격의 오랑우탄은 현재 3만 마리도 채 안 되는 숫자가 인도네시아의 보르네오와 수마트라의 섬에만 살고 있다. 번식률이 낮아 암컷이 평생 두세 마리의 새끼를 낳을 뿐인데 생태계가 날로 파괴되고 있어 멸종 위기에 있다.

대체 이 영감님은 정체가 뭐야? 누군데 가는 곳마다 이렇게 슬그머니 나타나는 거야? 그리고 왜 그때마다 꼭 이상한 일이 생기는 거야?

노빈손의 머릿속이 복잡하게 헝클어졌다.

이상한 노인의 정체

"호호호. 또 만났네요. 아깐 왜 그냥 가셔떠요?"

말숙이는 이번이 마지막 기회라고 생각했는지 온갖 방법을 다 동원하여 노인에게 아양을 떨었다. 호호 소리에 콧소리에 혀 짧은 소리까지 섞어 가면서. 하지만 노인의 입에서 나온 건 이번에도 역시 정체불명의 언어였다.

"나구보가닝아! 벼가닝아!"

"네에?"

"까트까또 리그케어……."

"할아버지!!"

갑자기 노빈손이 버럭 소리를 질렀다.

"대체 누구세요? 왜 자꾸 우릴 따라다니는 거죠?"

"빈손아! 이게 무슨 짓이야? 버릇없이."

말숙이가 은빛 이빨을 오랑우탄처럼 사납게 드러내며 노빈손을 나무랐다. 그리고는 두 주먹을 동시에 우드득 꺾으며 은근히 경고를 보냈다. 노빈손은 내심 가슴이 철렁했지만 그렇다고 저 수상쩍은 노인을 또다시 그냥 보낼 수는 없는 일이었다.

"말씀해 보세요. 달마시안이랑 오랑우탄이 저한테 덤빈 것도 다 할아버지 때문이죠? 할아버지가 뭔가 술수를 부리… 으읍!"

노빈손이 갑자기 말을 뚝 멈추고 팔다리를 버둥거렸다. 모델의 꿈이 깨질까 봐 다급해진 말숙이가 노빈손의 입을 손으로 꽉 틀어막아 버렸던 것이다.

어푸푸―. 곰 발바닥 같은 투박한 손바닥에 짓눌린 채 뒤집힌 풍뎅이처럼 버둥거리는 노빈손의 귀에 노인의 나직한 목소리가 들려왔다.

"고마해라. 숨막힌다 아이가."

헉! 외국인이 경상도 사투리를? 하지만 노빈손에겐 그 사투리가 세상의 어떤 언어보다도 아름답게 들렸다. 덕분에 말숙이의 억센 손아귀에서 벗어날 수 있었으니까.

"이제 말씀해 보세요. 대체 할아버진 누구세요?"

노빈손은 궁금해서 못 견디겠다는 표정으로 노인에게 대답을 재촉했다. 세 사람은 지금 동물원 옆의 작은 벤치로 자리를 옮긴 상태였다. 사람들로 북적거리는 유인원 우리 앞에서는 차분하게 애기를 할 수 없었던 것이다.

"내는……"

노인은 선뜻 애길 꺼내지 않고 자꾸만 뜸을 들였다. 답답해진 노빈손이 다시 입을 열려는 순간, 말숙이가 눈치도 없이 불쑥 끼여들었다.

"선생님 그 옷이랑 샌들 직접

만드신 거죠, 그쵸?"

"응? 으응."

"아프리카에서 주로 활동하시죠?"

"예, 옛날엔 그캤제. 하지만 시방은 아이다. 요즘엔 전세계를 다 다닌다 아이가."

"어머머! 너무 멋져. 그러니까 데뷔는 아프리카에서 했지만 지금은 전세계로 활동 무대를 넓히신 거군요?"

"그, 그런 셈이지, 하모."

말숙이는 함박웃음을 지으며 손가락으로 노빈손에게 브이(V)자를 그려 보였다. 자기 말대로 노인이 유명한 패션 디자이너라는 걸 완전히 확신한 듯한 분위기였다. 노인은 노인대로 대체 말숙이가 어떻게 자기에 대해 그렇게 많은 걸 알고 있는지 놀라는 듯한 표정을 짓고 있었다.

"근데, 니는 그걸 우예 아노?"

"호호, 척 보면 알아요. 모델의 육감이라고나 할까요?"

"모델이라꼬? 누가? 설마 니가?"

노인은 말도 안 된다는 듯한 표정을 지으며 말숙이를 위아래로 훑어보았다. 말숙이는 이 뜻밖의 반응에 약간 자존심이 상한 얼굴이었지만 그래도 아직은 포기하지 않은 듯 여전히 콧소리를 내며 아양을 떨어댔다.

"호호호, 물론 아직은 아니죠. 하지만 이젠 디자이너를 만

영장류 중에서 몸집이 가장 큰 고릴라는 1800년대 중반까지 유럽 사람들이 그 존재를 알지 못했다. 아프리카 콩고의 우기 삼림지대와 중앙 아프리카의 산악 기슭에서 사는 고릴라는 주로 땅 위에서 생활한다. 고릴라는 두발로 서 있는 시간이 많으며, 긴 팔을 이용해 손마디 바깥 면으로 땅을 짚으며 걷는다. 야채만 먹으며 대나무 잎을 좋아하는 고릴라는 아주 얌전한 동물이라고.

났으니까……."

"디자이너라꼬? 누가? 설마 내가?"

노인은 그게 무슨 자다가 봉창 두드리는 소리냐는 듯한 표정으로 반문했다. 말숙이는 그제야 뭔가 이상하다는 걸 깨달은 듯 멍한 표정을 짓고 있었다. 노빈손 역시 아직은 이 노인의 정체가 뭔지 도무지 감을 잡지 못한 상태였다.

"니 시방 머라카노? 내는 말이다, 내는……."

꼴깍―. 노빈손의 목에서 침 넘어가는 소리가 났다. 이윽고 노인의 입에서 나온 대답. 그건 정말이지 꿈에도 상상할 수 없었던 놀라운 것이었다.

"내는 타잔이데이."

치타를 찾아서

믿을 수 없는 일이었다. 무인도와 아마존과 버뮤다를 누비며 온갖 거짓말 같은 모험을 다 겪어 본 노빈손이지만 이번만은 도저히 제 눈과 귀를 믿을 수 없었다. 코흘리개 시절에 TV 외화에서 보았던 타잔을 21세기에 한국의 에버랜드에서 만날 줄이야. 그것도 경상도 사투리를 쓰는 타잔을.

"할아버지, 정말 타잔이세요?"

"하모! 내가 설마 이 나이에 얼라들한테 공갈치것나?"

"혹시 증거를 대실 수 있나요?"

"증거? 아까 봤다 아이가. 동물들이 니 말을 다 알아듣는걸."

"그럼 그게……."

"니가 하는 말을 내가 옆에서 다 전했다 아이가. 내는 마 정글에서 오래 살아놔서 어떤 동물이건 다 말이 통한다카이."

"달마시안한테는 뭐라고 했어요?"

"쟈가 니 묵는단다라고 했지. 안 그랬으문 와 깽깽댔겠노."

"그럼 오랑우탄한테는요?"

"쟈가 니보고 몬생겼단다라고 했지. 그랬더니 억수로 비웃는기라."

"왜요?"

"그놈아가 지금껏 무지하게 많은 인간들을 구경했지만 니처럼 이상하게 생긴 놈은 처음 본다 카더라."

으윽! 그 못난이가 감히……. 노빈손이 눈썹을 꿈틀거리며 주먹을 부르르 떨었다. 말숙이가 깔깔깔 웃으며 뭔가 말을 하려는 순간, 노인이 다시 입을 열었다.

"아참, 이런 말도 하대. 니 옆에 있는 암컷 인간보다 지 각시가 훨씬 이쁘다는기라. 지 같으면 그렇게 못생긴 암컷이랑은 절대 같이 안 다닌단다."

푸하하ㅡ. 이번엔 노빈손이 웃음을 터뜨렸다. 말숙이의 얼굴이 목에 맨 스카프처럼 빨개졌다가 다시 콧잔등에 걸친 선글라스처럼 파래지고 있었다.

"그런데 말이죠."

모처럼 통쾌하게 웃던 노빈손이 다시 물었다.

"왜 우릴 그렇게 따라다니셨어요? 저 암컷을… 아니, 저 말

동물들도 거짓말을 할까?
동물도 거짓말을 한다. 침팬지 박사 제인 구달이 한 침팬지에게 하루에 먹을 수 없을 만큼 많은 바나나를 주자 몰래 숨겨두고 혼자 꺼내 먹다가 친구들이 바나나를 숨긴 곳을 가르쳐 달라고 아우성을 치자 그 침팬지는 정반대 쪽을 가리켰다고 한다. 그리곤 혼자 숨긴 곳으로 가 몰래 그 침팬지는 바나나를 꺼내 먹었다나.

숙이를 자꾸 쳐다본 이유는 또 뭐죠?"

"그거는… 내가 오해를 해서 그랬던기라."

"오해라뇨?"

"아까 정문에서 처음 봤을 때, 내는 말숙 양이 엘리인 줄 알았거덩."

"엘리? 그게 누군데요?"

"내처럼 동물들하고 이바구하는 재주를 가진 가시나 이름이데이. 갸는 내
캉 달라서 얼라 때부터 타고난 초능력 덕분이지만."

"아하! 그 엘리!"

노빈손은 그제야 아침에 말숙이를 보며 떠올렸던 궁금증을 해결할 수 있
었다. 말숙이의 엽기적인 패션은 〈엘리의 야생탐험〉이라는 만화에 나오는
여주인공 엘리의 모습을 쏙 빼닮았던 것이다. 물론 엘리보다 옆으로 두 배쯤
늘어난 모습이긴 했지만.

"그럼 아까 그 이상한 말은……."

"그건 정글에서만 통하는 언어였던기라. 진짜 엘리라면 대번에 알아들었
겠지만 말숙 양은 도무지 못 알아듣는 눈치더라꼬. 하지만 모습이 워낙 비슷
하다 보니 긴가민가해서… 그래서 계속 뒤를 따라다녔던기라. 학실하게 확
인을 하고 싶어서."

"그랬었군요."

"근데 자세히 보니까 아닌기라. 엘리는 말숙 양처럼 몸땡이가 굵진 않거
덩. 목소리가 쇳소리처럼 껄끄럽지도 않고. 게다가 결정적으로 손이 그렇게
솥뚜껑처럼 크지 않데이. 아까 말숙 양 손바닥이 니 얼굴을 통째로 가리고도
남는 걸 보면서 학실히 깨달았다 아이가. 저 가시나는 엘리가 아니라는걸."

　흐흐흐……. 노빈손은 갑자기 속이 엄청 시원해지는 걸 느꼈다. 자기가 절대 입 밖으로 꺼낼 수 없는 말숙이의 참모습을 타잔이 낱낱이 지적해 주었기 때문이다. 불그락푸르락하며 손마디를 우두두둑 꺾고 있는 말숙이를 고소한 듯 바라보다가, 노빈손은 아직 풀지 못한 나머지 궁금증을 타잔에게 털어놓았다.

　"그런데 한국말은 언제 배우셨나요? 그리고 왜 사투리를 쓰시죠?"

　"소싯적에 정글에서 만난 코리언한테 배웠지. 원주민들한테 의료봉사 하러 온 의사였는데, 우리 각시 치질을 고쳐 준 게 인연이 돼서 나중엔 행님 아우하며 지냈다 아이가. 그놈아가 갱상도 출신이라서 내도 갱상도 말을 쓰는 거고."

　"각시라면… 제인 말인가요?"

　"하모. 내한테 각시는 제인 하나밖에 없다 아이가."

　"근데 한국엔 왜 오셨어요? 제인이랑 치타랑 정글에 있지 않고?"

　타잔은 아련한 눈으로 하늘을 바라보며 잠시 생각에 잠겼다. 그리고는 쓸쓸하게 웃으며 대답했다.

타잔은 미국의 대중작가 E.R.버로스가 쓴 소설의 주인공 이름이다. 1914년 「유인원 타잔」이 발간되어 베스트셀러가 되자 시리즈물로 「돌아온 타잔」, 「타잔의 복수」, 「타잔의 아들」 등이 계속 출간되었다. 타잔은 본래 영국 귀족의 아들이었으나 비행기 사고로 아프리카 밀림에 불시착, 동물들에 의해 키워진다. 성장하여 야생동물과 더불어 평화롭게 지내고 있을 때, 문명 세계 사람들이 찾아와 사냥을 하며 밀림을 해치자 그들을 혼내 준다. 1931년부터 MGM 사를 비롯한 많은 영화사에서 영화화하여 소년층의 인기를 크게 얻었다.

　"제인은 저세상으로 가삣다. 벌써 10년이나 지났다카이."

　"저런. 그럼 치타는요?"

　"치타는… 납치돼삣다."

　"납치라뇨?"

　"야생동물을 노리는 밀렵꾼들이 치타를 잡아간기라. 새끼

때부터 지금까지 수십 년간 내캉 함께 지내 온 소중한 친구를."

"저런, 그래서요?"

"그놈아들은 치타를 동물원에 팔았다카대. 사람으로 치면 백 살이 다 된 그 늙은 침팬지가 살면 얼마나 더 산다고 그런 몹쓸 짓을 하노 말이다. 그때부터 내는 치타를 찾아 온 세상의 동물원들을 다 디비기 시작했고, 그러다가 여기까지 오게 된 기라. 아까 말숙 양을 엘리인 줄 알고 쫓아다닌 것도 혹시 치타를 찾는 일에 도움을 받을까 싶어서였고."

"하지만 여기에도 없으면요?"

"또 딴 데로 가봐야제. 달나라까지 뒤져서라도 기필코 찾고 말끼다."

얘기를 마친 타잔은 길게 한숨을 내쉬며 자리에서 일어섰다. 그리고는 노빈손과 말숙이에게 가볍게 손을 흔들고 원숭이 우리 쪽으로 천천히 걸어갔다. 노빈손이 안타까운 마음으로 타잔의 뒷모습을 바라보며 말숙이에게 뭐라고 말을 건네려는 순간, 타잔이 갑자기 걸음을 멈추고 뒤로 휙 돌아섰다.

"말숙! 라빼쫌살! 라빼니마!!"

"네? 뭐라구요?"

멍한 표정으로 되묻는 말숙이에게 타잔이 심각한 표정으로 말했다.

"살 좀 빼라꼬."

푸핫! 폭소를 터뜨리는 노빈손에게 그동안 참고 참았던 말숙이의 무쇠 주먹이 번개처럼 날아갔다.

★ 뉴턴 10분 만에 따라잡기 ★

뉴턴 따라잡기 1 : 지구와 사과의 힘 겨루기

우선 간단한 퀴즈를 하나 풀어 보자. 지구와 사과는 서로를 끌어당긴다. 그렇다면 지구가 사과를 당기는 힘과 사과가 지구를 당기는 힘 중 어느 쪽이 더 강할까?

① 당연히 지구가 훨씬 세다　　② 천만에! 사과가 더 세다　　③ 똑같다

1번을 선택한 사람은 생각을 더 해야 하고 2번을 선택한 사람은 병원에 가봐야 한다. 이 문제의 정답은 3번이기 때문이다. 만유인력은 어느 한쪽이 일방적으로 휘두르는 힘이 아니라 서로에게 같은 크기로 작용하는 공평한 힘이다.

그럼 왜 지구는 꿈쩍도 않는데 사과만 땅으로 떨어지는 걸까? 이유는 간단하다. 지구가 사과보다 훨씬 크고 무겁기 때문이다. 탱크와 좁쌀이 같은 힘으로 서로를 끌어당기면 당연히 좁쌀이 질질 끌려갈 수밖에 없다. 달이 지구에게 끌려 다니고 지구가 태양에게 끌려 다니는 건 모두 그런 이유에서다.

뉴턴 따라잡기 2 : 몸무게의 비밀

두 번째 퀴즈를 풀어 보자. 지구는 노빈손도 끌어당기고 말숙이도 끌어당긴다. 그렇다면 둘 중 누구를 더 강한 힘으로 끌어당길까?

① 앙상한 노빈손　　② 덩치 큰 말숙이　　③ 똑같다

정답은 2번이다. 언뜻 생각하면 비실비실하고 힘없는 노빈손이 더 세게 끌려갈 것 같지만 사실은 정반대다. 말숙이가 노빈손에 비해 훨씬 더 질량이 크기 때문이다.

　　만유인력은 두
물체의 질량의 곱이
커질수록 강해진다.
그런데 지구의 질량은
일정하기 때문에 당연히 상대방
물체의 질량에 따라 만유인력의
크기가 달라지게 된다. 어떤 물체의

질량이 크다는 건 지구와 그 물체 사이의 만유인력이 크다는 뜻이고, 지구가 그
물체를 그만큼 강하게 끌어당긴다는 뜻이다. 지구가 끌어당기는 중력의 세기를
숫자로 나타낸 것이 바로 여러분들의 몸무게다.

뉴턴 따라잡기 3 : 질량과 무게

　　몸무게 얘기가 나온 김에 아주 중요한 과학 상식 하나를 배우고 넘어가자. 만
일 옆집 아저씨가 "네 몸무게는 몇 kg이니?"라고 물으면 여러분은 뭐라고 대답할
텐가? 40kg? 50kg? 아니면 0.1톤? 다 틀렸다. 여러분들이 뉴턴처럼 똑똑해지고
싶다면 즉시 이렇게 말해야 한다. "아저씨! 질문이 틀렸어요."

　　그렇다. 그건 틀린 질문이다. kg은 무게가 아니라 질량을 나타내는 단위이기
때문이다. 그게 대체 무슨 소리냐고? 갑자기 머리가 띵해지는 독자들을 위해 지
금부터 질량과 무게의 차이에 대해 설명해 주겠다.

●질량 : 물체에 포함되어 있는 물질의 양. 중력과 상관없이 어디에서나 똑같다.
●무게 : 물체에 작용하는 중력의 크기. 중력이 변하면 같이 들쑥날쑥 변한다.

　　가령 여러분이 달나라 여행을 갔다고 해보자. 달의 중력은 지구의 1/6이기 때
문에 여러분의 몸무게 역시 1/6로 가벼워진다. 하지만 여러분의 덩치마저 1/6로

쭈그러들지는 않을 것이다. 달라진 건 중력이지 몸뚱이가 아니기 때문이다. 지구에서나 달에서나 변함없는 몸 속 물질들의 양, 바로 그게 여러분의 질량이다.

질량은 kg으로 표시한다. 그리고 무게는 '무거울 중(重)' 자를 덧붙여서 'kg중'으로 나타낸다. '1kg중'은 '질량이 1kg인 물체의 무게'라는 뜻이다. "내 몸무게는 50kg"이라는 말은 그러므로 정확한 표현이 아니다. "내 몸무게는 50kg중"이라고 해야 과학적으로 올바른 표현이 되는 것이다.

질량이나 무게나 '중' 자 하나만 빼면 똑같다고? 물론 지구에서는 그렇다. 하지만 지구와 중력이 다른 곳으로 가면 질량 1kg의 무게가 2.58kg중으로 왕창 늘기도 하고 420g중으로 폭삭 줄기도 한다. 지구에서 110kg중인 뚱보가 태양계의 각 행성에서 몸무게를 재면 다음과 같은 결과가 나온다.

행성	질량	무게(=중력의 크기)
지구	110 kg	110.0 kg중
수성	〃	41.9 kg중
금성	〃	101.4 kg중
달	〃	18.3 kg중
화성	〃	42.0 kg중
목성	〃	257.9 kg중
토성	〃	103.6 kg중
천왕성	〃	94.8 kg중
해왕성	〃	125.7 kg중
명왕성	〃	4.5 kg중
우주공간	〃	0(무중력 상태이므로)

질량과 무게는 엄연히 다르다. 지구에서는 '중' 자를 빼더라도 다들 알아듣지만 다른 행성에 가서 그랬다간 외계인들로부터 바보라고 손가락질을 받을지도 모른다. 다가올 우주시대에 대비하여 앞으로는 질량과 무게를 반드시 구분해서 쓰도록 하자.

"넌 몸무게가 몇kg중이니?" 또는 "넌 질량이 몇 kg이니?"라고.

뉴턴 따라잡기 4 : 거리와 중력

퀴즈를 하나도 못 맞춘 사람에게 다시 한 번 기회를 주겠다. 5m 높이의 사과나무 꼭대기에 무게 1kg중인 사과가 하나 매달려 있다고 하자. 지구와 사과 사이의 거리가 2배가 되면 중력이 1/4로 줄어들기 때문에 사과의 무게는 250g중이 될 것이다. 그러려면 사과나무의 키가 얼마나 높이 자라야 할까?

① 10m   ② 20m   ③ 6,378,000m

5m의 2배는 10m니까 당연히 1번이라고? 천만의 말씀. 그렇게 쉬운 문제라면 아예 내지도 않는다. 이 문제의 정답은 3번이다.

만유인력은 물체들이 상대를 제 중심 쪽으로 끌어당기는 힘이다. 그러므로 물체와 물체 사이의 거리는 거죽과 거죽 사이의 거리가 아니라 중심과 중심 사이의 거리를 의미한다. 지구와 사과 사이의 거리는 땅바닥으로부터 사과까지의 거리가 아니라 지구 중심으로부터 사과 중심까지의 거리라는 얘기다.

지구 표면에서 중심까지의 거리, 즉 지구의 반지름은 약 6,378km다. 그러므로 땅바닥에 있는 물체가 지구로부터 2배 멀어지려면 그 거리만큼 하늘로 올라가야 한다. 만일 땅바닥으로부터의 거리에 따라 중력의 크기가 달라진다면 아마 난리가 날 것이다. 1층에서 100kg중인 사람이 2층으로 올라가면 겨우 25kg중이 될 테니까.

지금까지 뉴턴 따라잡느라 다들 수고 많았다. 잠시 후엔 더욱 재미있는 과학 이야기들이 여러분을 맞이할 것이다. 혹시 퀴즈에서 빵점을 맞았더라도 너무 낙심길 필요는 없다. 뉴턴도 어렸을 때는 별로 우등생이 아니있다는 실이 있으니까.

★ 낙하 운동의 3가지 비밀 ★

중력에 의해 떨어지는 물체의 낙하 속도는 무게와 어떤 관계가 있을까? 노빈손과 말숙이가 동시에 다이빙을 하면 누가 더 빨리 떨어질까? 뚱보들이 단체로 올라탄 〈환상특급〉은 좌석이 텅텅 비었을 때보다 내려오는 속도가 더 빠를까? 과학자들이 수천 년에 걸쳐 간신히 풀어낸 '낙하 운동의 3가지 비밀'을 10분 만에 가르쳐 주겠다.

2천 년간 이어진 오해

옛날 사람들은 무거운 물체가 가벼운 물체보다 빨리 떨어진다고 철석같이 믿고 살았다. 우리의 아리송한 아리스토텔레스는 이렇게 말했다고 한다.

무려 2천 년간 이어지던 이 믿음에 최초로 딴지를 건 사람은 갈릴레이였다. 아리스토텔레스의 엉터리 이론을 도무지 믿을 수 없었던 그는 결국 실험을 통해서 아리스토텔레스에게 망신을 주기로 결심한다. 그 삐딱한 실험의 무대가 된 곳은 삐딱하게 기울어진 것으로 유명한 〈피사의 사탑〉이었다.

비밀 1 : "똑같이 떨어진다"

갈릴레이는 무게가 다른 나무공과 쇠공을 들고 7층 발코니로 올라갔다. 만일 아리스토텔레스가 옳다면 두 개의 공이 따로따로 떨어지면서 "쿵! 쿵!" 소리가 날 것이다. 하지만 자기가 옳다면 소리는 오직 한 번만 들릴 것이다. 그는 조심스레 두 개의 공을 동시에 땅으로 떨어뜨렸다. 그리고 잠시 후,

"쿵!!"

갈릴레이와 구경꾼들의 입이 동시에 떡 벌어졌다. 갈릴레이는 웃느라고. 그리고 구경꾼들은 놀라느라고. "자유낙하(중력에 의한 낙하)하는 모든 물체들은 무게와 상관없이 같은 속도로 떨어진다"는 낙하 운동의 첫번째 비밀이 마침내 밝혀진 것이다.

비밀 2 : "앗! 점점 더 빨라진다"

만일 어떤 물체가 20m 옥상에서 땅으로 떨어지는 데 2초가 걸렸다면 그 물체는 1초에 10m씩 똑같은 속도로 떨어진 것일까? 대답은 "아니오"다. 시간이 지날수록 낙하 속도는 점점 더 빨라지기 때문이다.

이 그림에는 아주 중요한 법칙이 숨어 있다. 1초가 지날 때마다 낙하 거리가 약 10m씩 늘

어나고 있는 것이다. 맨 처음 1초 동안은 5m, 그 다음 1초 동안은 거기에 10을 더한 15m, 그리고 그 다음 1초 동안은 또 거기에 10을 더한 25m……. 바로 이게 갈릴레이가 발견해 낸 두 번째 비밀이다.

갈릴레이는 자유낙하하는 물체의 낙하 거리가 가속도로 인해 1초에 9.8m씩 늘어난다는 것을 밝혀 냈다. 이처럼 계속 일정하게 빨라지는 운동을 '등가속도 운동'이라고 한다. 그리고 자유낙하 도중에 붙는 가속도(공식으로는 $9.8m/s^2$)를 '중력 가속도'라고 한다.

비밀 3 : "어라? 공기가 방해한다"

똑똑한 독자라면 이런 의문이 생길 것이다. 비밀 1과 2가 사실이라면 깃털이나 종이는 왜 쇳덩어리보다 늦게 떨어지는가? 아주 좋은 질문이다. 바로 거기에 낙하 운동의 세 번째 비밀이 숨어 있다.

비밀의 내용은 "공기 중에서는 중력 가속도가 낙하 도중에 사라진다"는 것이다. 점점 빨라지던 낙하 속도가 어느 순간부터 더 이상 빨라지지 않는다는 얘기다. 이유는 다름 아닌 공기의 저항 때문이다. 중력의 반대 방향, 즉 밑에서 위로 작용하는 그 힘을 가리켜 '항력'이라고 부른다.

항력은 처음에는 약하지만 물체가 낙하하는 동안 점점 강해져서 나중엔 중력과 평형을 이룬다. 중력과 항력이 '쌤쌤'이 되는 바로 그 순간부터 가속도는 0이 되고, 그때까지의 등가속도 운동은 속도가 줄곧 똑같은 '등속 운동'으로 바뀐다. 더 이상 빨라지지 않는 그 마지막 속도를 '종단 속도'라고 한다(옆의 그림에서 A초 이후의 속도가 바로 종단 속도다).

낙하를 시작한 물체가 종단 속도에 도달하는 데 걸리는 시간은 무게에 따라 다르다. 무거운 물체는 가벼운 물체보다 더 오랫동안 가속되다가 더 늦게 종단 속도에 도달한다. 중력이 많이 작용하니까 항력이 거기에 맞먹을 정도로 커지는데도 그만큼 많은 시간이 걸리게 되는 것이다.

깃털의 수수께끼를 푸는 열쇠는 바로 여기에 있다. 깃털은 말 그대로 중력을 털끝만큼만 받기 때문에 낙하를 시작하자마자 곧바로 공기의 저항에 의해 종단 속도에 도달한다. 쇳덩어리는 계속 빨라지는데 깃털은 더 이상 빨라지지 않는다면 누가 더 먼저 떨어질지는 뻔한 일. 깃털이 쇳덩어리보다 더 늦게 떨어지는 이유는 그 때문이다(물론 공기가 없는 곳에서는 깃털이건 쇳덩어리건 다 똑같이 떨어진다).

비를 맞아도 무사한 이유

그렇다면 갈릴레이의 나무공과 쇠공은 왜 똑같이 떨어졌을까? 그건 실험 장소가 겨우 7층이었기 때문이다. 무게가 0에 가까운 깃털과 달리 어느 정도 무게를 가진 물체들이 종단 속도에 도달하려면 꽤 긴 낙하 시간이 필요하다. 가령 사람의 경우엔 수천m 상공에서 15초간 떨어져 내려야 비로소 종단 속도가 된다.

하지만 7층에서 땅으로 떨어지는 시간은 겨우 2~3초에 불과하다. 따라서 나무공과 쇠공 모두 종단 속도가 되기도 전에 이미 낙하가 끝나 버린다. 즉, 항력에 의한 속도 차이가 생기기도 전에 이미 땅에 떨어져 버린다. 만일 갈릴레이가 비행기를 타고 수천m 높이에서 실험을 했다면 아마 쇠공이 나무공보다 먼저 떨어졌을 것이다.

항력은 인간의 생명을 지켜주는 고마운 힘이다. 만일 공기의 저항이 없다면 500m 상공에서 낙하하는 빗방울은 불과 10초 만에 초속 1백km의 무시무시한 속도로 땅으로 내리꽂힐 것이다. 만일 그게 한 방울이라도 여러분의 머리에 떨어진다면? 으으… 공기는 숨을 쉬는 데만 필요한 게 아니라 빗방울 총탄으로부터 인간을 지켜주기도 하는 고마운 존재라는 사실을 기억해 두자.

갈릴레이 단숨에 따라잡기

'따라잡기'라는 제목을 보면 여러분들은 아마 퀴즈가 생각날 것이다. 그렇다! 이제는 퀴즈를 풀어야 할 시간이다. 잘 생각해서 다들 정답을 맞추기 바란다.

원숭이 한 마리가 나뭇가지에 매달려 있다. 포수가 총으로 녀석을 정확하게 겨눈다. 그런데 방아쇠를 당기는 것과 동시에 녀석이 나뭇가지를 쥐고 있던 손을 놓고 밑으로 떨어져 내렸다. 녀석의 운명은 과연 어떻게 될까?

① 당연히 총알이 빗나간다 ② 그래봤자 총에 맞는다 ③ 사주팔자 나름이다

원숭이가 밑으로 떨어졌으니까 총알이 당연히 녀석의 머리 위로 지나갈 것 같지? 하지만 틀렸다. 이 문제의 정답은 2번이다. 총알이 무슨 유도탄이냐고? 물론 그건 아니다. 열쇠는 조금 전에 배운 '낙하의 법칙'이다.

총알은 발사되는 힘에 의해 앞으로 날아가면서 동시에 중력에 의해 밑으로 떨어진다. 빨리 날아가는 총알이건 늦게 날아가는 총알이건 시간당 낙하 거리는 똑같다. 람보가 쏘는 최신형 기관총의 총알이건 여러분이 쏘는 장난감 총알이건 같은 시간 동안 떨어지는 거리는 똑같다는 뜻이다.

그렇다면 원숭이는? 녀석은 총알이 발사되는 것과 동시에 밑으로 떨어지기 시작했다. 그러므로 '낙하 운동의 비밀 1'에 의해 녀석과 총알은 똑같은 거리만큼 아래로 떨어진다. 총알이 1mm

떨어지면 녀석도 1mm, 총알이 1cm 떨어지면 녀석도 1cm……. 바로 이런 이유 때문에 녀석은 아무리 머리를 굴려 봤자 포수의 총알을 피할 수 없게 되는 것이다.

달나라에서 증명된 낙하 운동의 법칙

여러분 중에는 "달에서는 깃털과 쇳덩어리가 동시에 떨어진다"는 얘기를 선뜻 믿지 못하는 사람들이 있을 것이다. 에이, 설마? 아무리 그래도 쇳덩어리랑 깃털이 어떻게… 등등. 그렇게 의심 많은 독자들을 위해 직접 달나라까지 날아가서 실험을 한 사람이 있다. 미국의 우주비행사 데이비드 스코트가 그 주인공이다.

1971년 8월 2일, 아폴로 15호를 타고 달나라로 날아간 스코트 사령관은 미리 준비해 간 쇠망치와 깃털을 동시에 땅으로 떨어뜨렸다. 그러자 두 물체는 마치 약속이나 한 듯 똑같이 땅에 떨어졌고, 이 장면을 지켜본 지구인들은 일제히 탄성을 터뜨렸다. 위대한 과학자 갈릴레이의 주장이 4백여 년 만에 증명되는 순간이었다.

3

"빨리 좀 먹어라. 벌써 한 시간이나 지났단 말야."

말숙이가 도끼눈을 하고 노빈손을 재촉했다. 하지만 노빈손은 들은 척도 하지 않은 채 눈동자를 데구르르 굴리며 천천히 입을 오물거렸다. 그의 손엔 보통 햄버거보다 두 배 가량 큰 '점보 버거'가 절반쯤 남아 있었다.

노빈손이 시간을 질질 끄는 데는 이유가 있었다. 이제 잠시 후면 그는 생각만 해도 오금이 저린 무시무시한 놀이기구들을 타야 하는 것이다. 오후가 되면 그렇게 하기로 말숙이와 약속을 했으니까. 그 공포스러운 순간을 조금이라도 늦추려면 어떻게 해서든 점심시간을 최대한 늘려야 했다.

노빈손이 선택한 방법은 세 가지였다. 첫째는 제일 큰 햄버거 사기, 둘째는 최대한 조금씩 베어 먹기, 그리고 셋째는 최대한 오래 씹기. 큼지막한 햄버거를 쌀알만큼씩 떼어내서 오백 번씩 씹으면 두어 시간 정도는 버틸 수 있을 거라고 생각했던 것이다. 씹으면서 속으로 숫자를 헤아리다 보면 말숙이의 잔소리도 그럭저럭 견딜 수 있을 터였다.

"무슨 햄버거 하나 먹는데 그렇게 시간이 오래 걸리니?"

삼백이십오, 삼백이십육, 삼백이십칠…….

"그러다가 다 먹기도 전에 햄버거 상하겠다."

삼백삼십이, 삼백삼십삼, 삼백삼십사…….

"제발 그만 씹고 좀 삼켜라, 응?"

삼백사십, 삼백사십일, 삼백사십이…….

아무리 재촉을 해도 노빈손이 반응을 보이지 않자 말숙이는 속이 타는 듯 콜라를 벌컥벌컥 들이마셨다. 그리고는 벌떡 일어나 주문대로 성큼성큼 걸어갔다. 아무것도 먹지 않고 멀뚱멀뚱 기다리기가 몹시 따분한 모양이었다.

"치킨 두 조각이랑 콜라 한 잔 주세요."

띠웅! 여직원이 입을 떡 벌리며 말숙이를 쳐다보았다. 처음에 햄버거를 사간 뒤에 추가로 주문을 한 게 벌써 세 번째였던 것이다. 혼자서 거의 5인분을 먹어 놓고 또 먹으려 하다니……. 고개를 설레설레 흔들던 여직원이 치킨을 내주며 물었다.

"혹시 더 필요한 거 없으세요?"

"네? 없는데요."

"정말 이거면 되겠어요?"

"호호, 됐어요. 제가 요즘 다이어트 중이거든요."

푸웃─. 뒤쪽에서 갑자기 바람 새는 듯한 소리가 났다. 말숙이와 여직원의 대화를 듣고 있던 노빈손이 웃음을 터뜨리면서 입 속에 들어 있던 걸 분수처럼 뿜어냈던 것이다.

<u>흐흐흐</u>, 다이어트라구? 계란 한 판을 한꺼번에 삶아 먹는 애가? 그럼 다이어트 끝나면 계란 대신 타조 알을 서너 판씩 삶아 먹겠네?

낄낄거리던 노빈손이 문득 아차 하는 표정을 지었다. 조금 전에 씹던 햄버거 조각이 죄다 입 밖으로 튀어나가 버렸음을 그제야 깨달았던 것이다.

"아깝다. 겨우 사백 번밖에 안 씹은 건데."

단 1초라도 더 버텨야 하는 판에 이런 실수를 하다니. 그렇다고 저걸 다시 주워 먹을 수도 없고……. 잠시 생각하던 노빈손은 결국 햄버거를 병아리 눈곱만큼 새로 떼어 물었다. 그리고는 아까보다 훨씬 느린 속도로 입을 오물거리기 시작했다. 조금 전에 덜 씹은 것까지 합쳐서 이번엔 육백 번을 씹을 생각이었다.

째깍째깍—. 시간은 계속해서 흘러갔다. 아끼고 아끼던 노빈손의 햄버거도 이젠 겨우 손톱만큼밖에는 남아 있지 않았다. 말숙이가 일곱 번째로 가져온 닭다리 역시 마지막 한 입만을 남기고 있었다.

노빈손은 기름으로 번들거리는 말숙이의 입가를 힐끔 쳐다보았다. 혹시 하늘의 도움으로 말숙이가 배탈이 났을지도 모른다고 생각하면서. 하지만 식욕 못지 않게 소화 능력 또한 천하 제일인 말숙이가 겨우 닭다리 열댓 개로 배탈이 날 리는 없었다. 결국

음식을 삼키려고 하면 먼저 숨을 쉬는 후두와 음식이 넘어가는 식도 중 후두는 닫히고 식도는 열려야 음식물이 식도를 통해 위로 갈 수 있다. 따라서 음식물이 후두로 못 넘어가도록 후두의 뚜껑인 후두 개가 먼저 닫히고 후두 안에 있는 성대 중 가성대와 진성대가 차례로 닫힌다. 그래서 말을 할 수가 없게 된다. 만약 말을 하려고 하면 아마 사레 걸릴 것이다.

노빈손은 체념하는 심정으로 마지막 남은 햄버거 조각을 입 속에 털어 넣고 숫자를 헤아렸다. 하나, 하나 반, 둘, 둘 반, 셋… 흑흑흑, 오백!

마침내 운명의 시간이 닥쳤다. 말숙이가 기다렸다는 듯 씨익 웃으며 천천히 자리에서 일어섰다. 두툼한 입술 사이로 닭기름에 젖은 은빛 이빨이 음침하게 빛나고 있었다.

우연히 만난 동창생

"뭐부터 탈래? 독수리? 콜럼버스? 아니면 환상특급?"

"아무거나 타. 롤러코스터가 다 거기서 거기지 뭐."

"롤러… 코? 그런 건 없는데?"

말숙이가 멍청한 표정으로 되물었다. 끄응, 내가 애랑 무슨 말을 해…….
노빈손은 고개를 절레절레 흔들며 한심하다는 듯 말했다.

"바보야, 롤러코가 아니라 롤러코스터야. 레일 위로 달리는 놀이기구들을 다 합쳐서 그렇게 부르는 거라구."

"…그런가?"

"하긴, 페팅 보러 동물원 가자는 애가 뭔들 알겠니."

"이게 진짜."

말숙이의 눈썹이 부르르 떨렸다. 노빈손은 처음엔 움찔했지만 생각해 보니 지금은 말숙이를 약올리는 게 더 유리할 수도 있다는 생각이 들었다. 계속 약을 올리다 보면 토라져서 그냥 집으로 가버릴지도 모르기 때문이다. 그렇게만 된다면 절대로 붙들지 말아야지……. 노빈손은 몇 대 맞을 각오를 한 뒤 크게 심호흡을 하고 입을 열었다.

"말숙아, 넌 좋겠다. 아는 거 없어서."

부르르—

"혹시 퀴즈 사이트에서 격려상 받은 거 아냐? 꿋꿋하게 살라고."

우두두둑—

옳지! 머리에서 김이 모락모락 솟는구나. 이제 조금만 더 약올리면 되겠군……. 노빈손이 최후의 결정타를 날리기 위해, 아니 최후의 결정타를 맞기 위해 막 입을 열려는 순간, 어디선가 들려온 낯선 목소리가 둘의 대화를 가로막았다.

"노빈손!"

어라? 누가 날 부르는 거야? 이 결정적인 순간에……. 멈칫하며 주위를 둘러보는 노빈손에게 웬 여자아이 하나가 손을 흔들며 다가왔다. 덩치가 말숙이의 절반쯤 되어 보이는 예쁘장한 아이였다.

어쭈! 뭐야, 저 말라깽이 계집애는? 말숙이의 눈썹이 조금 전보다 훨씬 더 심하게 꿈틀거리기 시작했다.

"너 빈손이 맞지?"

"맞긴 맞는데… 너는 누구세요?"

"나 란희야. 모르겠니? 6학년 때 같은 반이었잖아."

"아하! 란희!!"

롤러코스터

1,000미터 이상 되는 길이를 시속 70km 이상의 속도로 3분여 만에 질주해 내는 롤러코스터는 도르래같이 생긴 여러 개의 바퀴가 레일 사이를 굴러가도록 함으로써 탈선이 일어나지 않도록 만들어진 엔진 없는 기차다. 롤러코스터는 모터에 의해 지상에서 일정한 높이까지 끌어올려짐으로써 일정한 위치에너지를 얻는다. 일정한 높이까지 올려진 후에는 중력에 의해 아래로 떨어지면서 가지고 있던 위치에너지를 운동에너지로 변화시키기 때문에 점점 속력이 빨라진다.

노빈손은 반가운 표정을 지으며 손을 덥석 잡았다. 말숙이가 엄청 고까운 표정으로 노려보았지만 그건 오히려 노빈손이 바라는 바였다. 화나지? 화나지? 제발 더 화나서 그냥 집에 가라……. 노빈손은 회심의 미소를 지으며 말숙이를 쳐다보았다. 물론 란희라는 여자아이의 손은 여전히 꽉 잡은 채였다.

"인사해. 여긴 내 보디가드 나말숙."

"안녕?"

여자아이가 생긋 웃으며 낭랑한 목소리로 인사를 건넸다.

"그리고 여긴, 내 초등학교 동창 고란희."

말숙이는 사나운 눈초리를 지으며 선글라스 너머로 상대를 힐끔 쏘아보았다. 그리고는 가소롭다는 표정으로 퉁명스레 중얼거렸다.

"고라니? 사람 이름이 뭐 그래? 차라리 꽃사슴이라고 하지?"

어머머……. 고란희가 황당한 얼굴로 노빈손을 쳐다보았다. 뭐 저런 무례한 애가 다 있느냐는 듯이. 하지만 노빈손은 작전대로 되어 가는 게 기뻤는지 여전히 싱글벙글이었다.

"정말 반갑다. 우리 둘이 앞장서서 학급을 이끌던 게 엊그제 같은데."

"학급을 이끌어? 니가 언제? 나야 반장이니까 그랬다지만……."

고란희가 고개를 갸우뚱거리며 반문했다. 머쓱해진 노빈손은 눈을 데구르르 굴리며 황급히 말을 얼버무리기 시작했다.

"으응… 그러니까… 반장은 너였고… 난 부반장을……."

"아니야, 애. 부반장은 솔희였잖아. 오솔희."

"호홋! 오소리?"

말숙이가 또다시 코웃음을 쳤다. 노빈손은 고란희의 또렷한 기억력을 원망하며 다시 한 번 말을 얼버무렸다.

"그, 그럼… 학습부장이었던가?"

"아니라니까. 들어 봐. 학습부장은 홍학, 미화부장은 임연수, 총무부장은 송충희……."

"푸하하―."

말숙이가 침을 소나기처럼 튀겨 가며 폭소를 터뜨렸다.

"너희 반 진짜 웃긴다. 반장은 고라니, 부반장은 오소리. 게다가 뭐? 홍학에, 이면수에, 송충이까지? 완전히 육해공군이 다 모였네. 혹시 원숭이나 노새는 없었니?"

"어머머, 애 좀 봐?"

고란희가 고라니처럼 펄쩍 뛰며 앙칼지게 말했다.

"너 말조심 해. 우리 선생님 성함은 원숭이가 아니라 원승희였단 말야."

그리고는 문득 생각난 듯 덧붙여 말했다.

"노새는 있었어. 빈손이 별명이 그거였거든."

푸하하하―. 말숙이의 웃음소리가 하늘을 뒤흔들었다. 노빈손의 얼굴이 비루 먹은 노새처럼 창백하게 변하고 있었다.

별의 별 공포증

세상에는 희한한 공포증이 많다. 서양에는 뱀 공포증, 거미 공포증 환자가 많다. 이브를 유혹한 뱀을 두려워하거나 거미줄과 거미 독에 공포를 일으키는 것이다. 서커스의 삐에로도 공포증의 대상이다. 우스꽝스럽게 보이는 삐에로가 어린이의 눈에는 악마처럼 보여 서양에는 삐에로 꿈을 꾸고 잠에서 깨서 우는 어린이가 많다. 땅콩버터 공포증도 있다. 땅콩버터가 입 천장에 달라붙는 것을 두려워하는 것이다. 어른이 두려워하는 특이한 공포증으로는 대머리 공포증, 비만 공포증 등이 있다. 어떤 사람들은 이유도 없이 남 앞에서 옷을 벗을까 봐 두려워한다.

들통나 버린 노빈손의 비밀

"그나저나 참 뜻밖이다."

"왜?"

노빈손이 아이스크림을 핥다 말고 고개를 들었다. 세 사람은 지금 놀이기구 근처의 스낵 코너에 앉아 있는 중이었다. 싫다는 두 사람을 노빈손이 억지로 데려다 앉혔던 것이다. 말숙이를 약올려서 그냥 보내려던 계획은 실패했지만 조금 더 시간을 끌다 보면 뭔가 다른 기회가 생길지도 몰랐다.

"난 니가 평생 놀이공원엔 안 올 줄 알았거든."

"어째서?"

"어째서긴. 그때 그 일 때문이지. 기억 안 나? 우리 소풍날……."

허걱! 노빈손은 하마터면 손에 들고 있던 아이스크림 컵을 떨어뜨릴 뻔했다. 고란희가 지금 무슨 말을 하려고 하는지 그제야 알아차렸던 것이다.

으으, 안 돼!! 노빈손은 고란희의 말을 막기 위해 황급히 손을 내저으며 연거푸 한쪽 눈을 찡긋거렸다.

하지만 소용없는 일이었다. 뭔가 낌새를 알아챈 말숙이가 재빨리 노빈손의 입을 손으로 틀어막아 버렸던 것이다. 손바닥으로 얼굴을 덮었던 오전과 달리 이번엔 엄지를 뺀 나머지 손가락들이 입 속으로 쏙 들어와 버렸다.

으읍! 노빈손의 입 속에 들어 있던 부드럽고 달콤한 아이스크림이 순식간에 텁텁하고 짭짤한 맛으로 변하고 있었다.

"왜들 그래?"

고란희가 의아한 얼굴로 물었다.

"아무것도 아냐. 빈손이가 아이스크림이 좀 싱겁다고 하기에……."

말숙이가 천연덕스러운 얼굴로 말했다.

"신경 쓰지 말고 하던 얘기나 계속해 봐."

"으응, 그러니까 그때……."

흑흑, 신령님 제발……. 노빈손은 짠물을 꿀깍꿀깍 삼키며 간절히 기도를 올렸다. 하지만 신령님은 늘 그래 왔듯 이번에도 역시 노빈손의 기도를 외면하실 모양이었다.

"초등학교 때 우리가 어린이대공원으로 소풍을 갔었는데……."

으읍─. 버둥버둥.

"거기서 단체로 청룡열차를 탔었거든."

으으읍─. 퍼드드득.

"근데 열차가 움직이자마자 빈손이가 죽어라고 소리를 질러대는 거야."

"뭐라고 그랬는데?"

"사람 살려요─ 여기 사람 죽어요─ 내려 줘요─."

"푸핫, 그래서?"

"그러다가 금방 잠잠해지기에, 우린 그냥 무서워도 꾹 참는 줄 알았지."

제발 거기까지만…….

"근데, 열차가 멎었는데도 빈손이가 고개를 숙인 채 꼼짝도 않는 거야. 그래서 애들이 어깨

왜 롤러코스터는 빙글빙글 돌아도 사람이 떨어지지 않을까?

지구가 당기는 힘이 크기 때문에 사람들은 땅에 붙어 살고 있다. 그런데, 지구가 당기는 힘보다 더 큰 힘을 작용해 주면 지표면에서 떨어질 수 있다. 롤러코스터가 돌 때 바로 중력보다 강한 힘이 작용하여 사람들이 롤러코스터에 붙어 바닥으로 떨어지지 않는 것이다. 그 힘이 바로 원심력이다. 물체가 원운동을 하면 바깥으로 튕겨나가려는 힘이 생기는데 이 힘을 원심력이라고 한다. 롤러코스터가 빠른 속력으로 원으로 만든 레일을 달림으로 인해 강한 원심력이 롤러코스터 바닥 쪽으로 작용하게 되고 그 힘이 중력보다 강하기 때문에 그 속에 타고 있는 사람들은 바닥으로 떨어지지 않는 것이다.

를 흔들었더니……."

이얍! 노빈손이 젖먹던 힘을 짜내어 말숙이의 손가락을 깨물었다.

끼기긱—. 둔탁한 소리와 함께 쇠막대기를 깨문 것 같은 얼얼한 통증이 이빨에 전해졌다. 말숙이가 잠시 손가락을 꼼지락거리더니 음산하게 말했다.

"가만히 있어! 한 번만 더 간지럽히면 손을 활짝 벌려 버릴 거야."

주여……. 노빈손은 체념한 듯 두 팔을 축 늘어뜨렸다. 고란희가 마침내 결정적인 비밀을 말숙이에게 폭로하고 있었다.

"그랬더니 글쎄… 빈손이가 입을 떡 벌린 채 기절해 있지 뭐니."

"푸하하— 그래서?"

"의무실에 업혀 가서 10분 만에 깨어났지 뭐. 근데 더 웃긴 건……."

"뭐가 또 있어?"

"빈손일 업었던 선생님이 막 화를 내면서 윗통을 훌러덩 벗는 거야."

"왜?"

"옷이 다 젖었거든. 빈손이가 기절하면서 오줌을 싸는 바람에. 호호호호."

고란희가 새삼 우습다는 듯 까르르 웃었다. 크하하하—. 말숙이 역시 세상이 떠나갈 듯한 너털웃음을 한동안 멈추지 않았다. 무덤까지 가져가려던 일급 비밀을 하루아침에 들켜 버린 가엾은 노빈손. 맑은 하늘이 갑자기 장마철의 그것처럼 우중충하게 보였다.

고란희와 헤어진 뒤에도 노빈손은 내내 시무룩한 표정이었다. 반대로 말숙이는 뭐가 그리 좋은지 계속해서 혼자 낄낄거렸다. 앞으로 평생 노빈손을 약올릴 수 있다는 게 더할 나위 없이 기쁜 모양이었다.

“야, 노빈손. 뭐가 어쩌고 어째?”

“……..”

“바이킹 위에서 하품을 해? 그럼 청룡열차에서는 졸려서 기절했냐?”

“……..”

“롤러코 좋아하시네. 타지도 못하면서 혀만 굴리면 다야?”

“……..”

“솔직히 말해 봐. 너 아까 배탈 났다는 것도 꾀병이었지?”

“아냐!”

참다 못한 노빈손이 소릴 버럭 질렀다.

“아니긴 뭐가 아냐? 또 오줌 싸고 기절할까 봐 겁나서 그런 거잖아.”

“그건 초등학교 때 얘기야. 중학교 때는 정말로 바이킹에서 하품했단 말야.”

“그걸 어떻게 믿어?”

“타보면 알 거 아냐, 타보면. 당장 가자. 바이킹 타러.”

“여긴 이름이 틀려. 바이킹이 아니라 〈콜럼버스 대탐험〉이라구.”

말숙이가 아이스크림 묻은 손가락으로 건너편의 놀이기구를 가리켰다. 수십 미터 높이로 치솟았다가 아찔한 속도로 떨어지는 무시무시한 배가 사람들을 가득 태운 채 아래로 곤두박질을 치고 있었다.

쐐애애액—

듣기만 해도 소름이 끼치는 오싹한 굉음. 노빈손은 눈을 질끈 감았다. 난 탈 수 있어, 난

콜럼버스 대탐험을 탈 때 짜릿짜릿한 기분이 느껴지는 이유는 뭘까?

배가 정상에서 떨어질 때 사람은 자신을 받치고 있는 배의 존재를 느끼지 못하면서 불안해하고 간이 콩알만해지는 느낌을 갖는다. 낙하할 때는 무거운 배와 가벼운 사람이 같이 떨어지기 때문에 중력의 영향을 느끼지 못하기 때문이다. 중력에 의해 낙하하는 물체의 속도는 물체의 질량과 관계없다. 그래서 우리는 콜럼버스호가 내려올 때 순간적이나마 무중력을 경험하는 것이다.

기절 안 할 수 있어, 난 오줌 참을 수 있어…….

그리고는 눈을 뜨고 짤막하게 말했다. 계백 장군에게 덤비는 관창처럼 결연한 목소리로.

"가자!"

공포의 콜럼버스 대탐험

"이런? 자리를 뺏겼네."

배에 오른 말숙이가 실망스러운 표정으로 말했다. 앞에 있던 아이들 열댓 명이 두 패로 나뉘어 쪼르르 달려가더니 냉큼 양쪽 끝자리에 앉아 버렸던 것이다. 노빈손은 그나마 다행이라는 생각에 가슴을 쓸어내렸다. 이 놀이기구에서는 양쪽 끝자리가 제일 무섭고 아찔하다는 걸 어디선가 들은 적이 있었던 것이다.

"할 수 없지 뭐. 그냥 가운데에 앉자."

"싫어! 그렇게는 못 해. 가운데는 시시하단 말야."

말숙이는 갑자기 흡 하고 기합을 넣더니 오른쪽 끝자리로 성큼성큼 걸어 갔다. 초등학생으로 보이는 아이들 7~8명이 자기들끼리 뭔가 히히덕거리다 말고 의아한 얼굴로 말숙이를 쳐다보고 있었다. 말숙이는 아이들을 쓰윽

콜럼버스 대탐험을 탈 때 왜 끝에 앉으면 더 무서울까?!
좌우로 흔들리는 진자운동으로 시계추나 그네와 같은 원리인 콜럼버스 대탐험은 좌우로 올라갔을 때는 위치에너지가 최대로 증가하고 내려올 때는 위치에너지가 운동에너지로 바뀌게 되며 중앙지점에 오면 운동에너지가 최대가 되어 그때가 가장 속도가 빠르다. 배의 양쪽 끝에 있는 사람이 가장 무서운 이유는 양 끝에서 위치 에너지와 운동에너지를 가장 크게 느끼기 때문이다.

한 번 훑어본 다음 그 중 제일 가운데에 앉아 있는 두 명에게 험상궂은 목소리로 말했다.

"너희들!"

"네?"

"저리 비켜."

"네에?"

"다른 데 앉으란 말야. 여긴 내 자리야."

"싫어요. 그런 게 어딨어요?"

"우리도 여기 앉으려고 아까부터 순서 양보하면서 기다렸단 말이에요."

아이들은 제법 야무진 눈길로 말숙이를 쳐다보았다. 하지만 말숙이의 우람한 체격과 번쩍거리는 이빨에 주눅이 들었는지 차츰 눈동자에 힘이 풀리기 시작했다. 그러다가 말숙이가 우두두둑 주먹을 꺾어대자 결국 울상을 지으며 자리에서 일어나고 말았다. 쭈뼛거리며 말숙이 옆으로 가는 노빈손의 귀에 아이들이 수군거리는 소리가 들려왔다.

"쳇, 뭐 저런 킹콩 같은 아줌마가 다 있담?"

"이따가 내리자마자 경찰 불러."

"경찰도 저 아줌마한테는 못 이길 거 같은데?"

"그럼 어떡하지? 군부대에 신고할까?"

아서라, 애들아. 군인들이라고 별 수 있겠니? 로보캅이라면 몰라도. 노빈손은 고개를 설레설레 흔들며 가만히 두 손을 모았다. 하느님, 부처님, 그리고 신령님, 세 분이 잘 상의하셔서 제발 기절만은 하지 않게 해주세요……

기도를 올리는 노빈손의 손바닥이 어느새 땀으로 흥건하게 젖어 있었다.

덜컹—

육중한 소리와 함께 배가 천천히 움직이기 시작했다. 앞으로, 뒤로, 다시 앞으로, 뒤로……. 노빈손은 마른침을 꼴깍 삼키며 힐끗 하늘을 올려다보았다. 새파랗던 하늘이 왠지 샛노랗게 변해 버린 듯한 느낌이었다.

우우우웅—

쌔애애액—

배가 점점 더 높이 오르락내리락하면서 속도 역시 조금씩 빨라졌다. 노빈손은 어금니를 꽉 깨물고 눈을 부릅뜬 채 무서움을 이겨내기 위해 안간힘을 썼다. 귓가에선 제트기가 지나가는 듯한 요란한 소리가 끊임없이 들려오고 있었다.

"야호! 신난다—."

"이히—."

"꺄아아아—."

솟구쳤던 배가 아래로 떨어질 때마다 아이들이 사방에서 고함을 질러댔다. 말숙이 역시 엄청 신이 나는 듯 끊임없이 꺅꺅거리며 쇳소리를 내고 있었다. 가끔씩은 밑에서 쳐다보는 사람들을 향해 유유히 손을 흔들어 보이기도 했다. 마치 유람선을 타고 관광이라도 나온 듯한 여유 있는 모습이었다.

하지만 노빈손은 완전히 혼비백산이었다. 떨어질 때는 하늘에서 맨몸으로 추락하는 것처

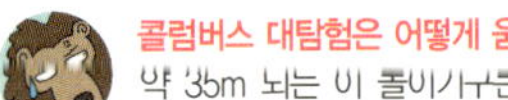

럼 정신이 아찔했고, 솟구칠 때는 금방이라도 몸이 밖으로 퉁겨져 나갈 것 같
은 공포가 온몸을 휘감았다. 눈은 이미 심 봉사처럼 침침해져서 아무것도 보
이지 않았고, 머리는 술독에서 방금 나온 사람처럼 어질어질했다. 안전 레버
를 어찌나 꽉 움켜잡았는지 팔에서 금방이라도 쥐가 날 것 같은 느낌이었다.

　슈우우우웃—

　땅바닥이 까마득하게 멀어지는가 싶더니 승객들의 몸이 땅과 거의 평행
상태에 놓였다. 마침내 배가 최고 높이까지 솟아오른 것이다. 노빈손의 얼굴
이 공포와 두려움으로 하얗게 질리는 순간, 잠시 멎은 듯했던 배가 이번엔
아래로 쏜살같이 내리꽂혔다. 입을 앙다문 채 참고 있던 노빈손은 결국 소리
를 고래고래 지르며 마구 울부짖기 시작했다.

　"으ㅎㅎㅎ— 살려 줘—."

곤두박질치던 배가 무서운 속도로 땅을 스치며 솟구쳐 올랐다.

위이이잉—

"으아아— 내려 줘요—."

끝까지 올라간 배가 다시 뒤쪽으로 곤두박질쳤다.

쌔애애액—

"아아악— 엄마아—."

비명은 끊임없이 계속되었다. 한동안 최고 높이를 오락가락하던 배의 진폭이 차츰 줄어들기 시작했지만 노빈손의 비명은 좀처럼 그칠 줄을 몰랐다. 배가 거의 멎어 가는데도 여전히 눈을 질끈 감은 채 비명을 지르고 있는 노빈손을 사람들이 다들 어리둥절한 눈으로 쳐다보고 있었다.

"재 왜 저래? 다 끝났는데."

"엄마, 저 아저씬 왜 저러는 거야?"

"글쎄다? 좀 모자라나 봐."

"머리카락이 모자라면 머리도 모자란 거야?"

"아닐걸? 박사님들 중에도 머리카락 없는 사람들 많던데?"

덜컹—. 드디어 배가 움직임을 멈췄다. 사람들이 우르르 배에서 내리기 시작했지만 노빈손은 꼼짝도 하지 않은 채 고개를 파묻고 앉아 있었다. 말숙이가 근심스러운 표정으로 노빈손의 어깨를 흔들어댔다.

"애, 빈손아. 너 설마… 또 기절한 거니'?

"으으… 어으으……."

혀가 얼어붙은 사람처럼 이상한 소리를 내며 노빈손이 부스스 고개를 들었다. 거의 넋이 나가 버리긴 했지만 그래도 용케 기절은 하지 않은 모양이었다. 발 밑이 젖어 있지 않은 걸로 봐서 이번엔 오줌도 싸지 않은 듯했다.

멍한 눈으로 주위를 둘러보던 노빈손은 그제야 배가 멈춘 걸 깨달은 듯 천천히 자리에서 일어섰다. 그리고는 말숙이의 팔을 꼭 붙든 채 휘청휘청 배 밖으로 걸어 나왔다. 머리가 어질어질하고 땅바닥이 흔들리는 게 아직도 공중에 붕 떠 있는 듯한 느낌이었다.

"괜찮아?"

"그, 그럼. 괜찮지. 아무렇지도 않다니까."

"근데 왜 그렇게 넙죽 엎드려 있었어?"

"응? 자, 자느라고."

"잤다구?"

"내가 그랬잖아. 바이킹에서 하품했었다고. 오늘은 하도 졸리기에 아예 자 버렸어."

풋! 웃겨 진짜. 울며불며 내려 달라고 조를 때는 언제고…… . 말숙이가 코웃음을 치며 손가락으로 노빈손의 배를 쿡 찔렀다. 그 순간,

"으윽!"

노빈손이 비명을 지르며 꽈배기처럼 몸을 뒤틀었다. 그러더니 울상을 지으며 어딘가를 향해 쏜살같이 달려가기 시작했다. 방울소리를 울리며 노빈손이 뛰어 들어간 곳. 거긴 다름 아닌 화장실이었다.

기절했을 때 응급처치 방법
기절하는 직접적인 이유는 뇌로 가는 혈액이 줄고 산소가 충분히 공급되지 않았기 때문이다. 이럴 경우 뇌를 낮게 해서 많은 혈액이 뇌로 흐르도록 해야 한다. 기절할 듯 싶으면 즉시 뉘어 놓고, 그럴 수 없을 경우 허리 부분에서 몸을 앞으로 굽혀 머리가 두 무릎 사이에 오도록 한다. 이미 기절해 버린 경우에는 뉘어놓고 몸을 죄고 있는 것을 풀어 주고, 머리를 낮추거나 다리를 높여서 뇌에 혈액 공급을 늘려 주어야 한다.

"정말 안 쌌어?"

"아니라니까. 으휴, 진짜. 보여 줄 수도 없고……."

노빈손은 가슴을 쿵쿵 치며 고릴라처럼 씩씩거렸다. 말숙이가 자꾸만 수상쩍은 눈으로 노빈손의 반바지 가랑이께를 힐끔거렸던 것이다. 화장실에 도착할 때까지 꾹꾹 참았노라고 몇 번이나 말했지만 도무지 믿는 눈치가 아니었다.

"이상해. 근데 왜 자꾸 지린내가 나는 거 같지?"

말숙이가 사냥개처럼 킁킁대며 노빈손의 주위를 맴돌았다. 남들이 힐끔거리며 지나가는 바람에 몸이 달아오른 노빈손은 황급히 말숙이를 붙잡고 애원하듯 말했다.

"제발 그만해. 누가 보면 내 몸에서 이상한 냄새라도 나는 줄 알 거 아냐."

"내 말이 그 말이야. 분명히 냄새가 난다니까?"

"으이구, 정말."

난감한 상황에서 벗어날 방법을 찾느라 주변을 둘러보던 노빈손이 눈을 반짝 빛냈다. 저만치 오른쪽에 처음 보는 놀이기구 하나가 눈에 띄었던 것이다. 물살을 가르며 구불구불한 급류 위를 달리는 멋진 통나무배. 보기만 해도 온몸이 시원해지는 그 놀이기구의 이름은 〈후룸라이드〉였다.

"킁킁… 분명히 암모니아 냄샌데……."

"시끄러! 쓸데없는 소리 그만하고 저거나 타러 가자."

"뭘?"

“저 통나무배 말야. 재미있어 보이는데.”

말숙이가 의외라는 듯한 표정으로 노빈손을 쳐다보았다. 이 겁쟁이가 바이킹 한번 타더니 완전히 간이 부었구나… 그런 표정이었다. 노빈손은 은근히 자존심이 상하는 걸 느끼며 다시 한 번 커다란 목소리로 호기를 부렸다.

“좀 시시해 보이긴 하지만 뭐… 그럭저럭 시원하겠네. 가자, 빨리.”

높다란 탑승대의 계단 밑에 줄을 선 다음에야 노빈손은 덜컥 겁이 나기 시작했다. 가까이에서 보니 이 놀이기구도 결코 장난이 아니었던 것이다. 특히 통나무배가 떨어져 내리는 지점은 보기에도 아찔할 정도의 급경사였다.

이거 내가 괜한 짓 한 거 아냐? 차라리 오줌 쌌다고 그러고 그냥 집에 갈걸……. 노빈손은 조금 전의 객기를 후회하며 걱정스런 눈길로 통나무배의 움직임을 좇았다.

촤르르르르—. 물살 갈라지는 소리를 들으니 왠지 또 오줌이 마려운 것 같았다. 옆에서는 말숙이가 여전히 코를 벌름거리며 냄새를 맡고 있었다.

덜컹덜컹— 끽끽—

통나무배가 으스스한 소리를 내며 가파른 경사로를 거슬러 올라갔다. 꼭대기에 올라가면 곧바로 낭떠러지 같은 아찔한 내리막이 있을 터였다.

이번엔 절대 겁먹지 말고 미리 마음의 준비를 해야지. 내리

여자들은 남자보다 냄새를 잘 맡을까?

여자들은 일상생활에서나 음식을 만들거나 화장을 하면서 냄새를 접할 기회가 남자보다 많다. 그렇기 때문에 냄새에 대한 훈련이 남자보다 잘 되어 있어서 후각 능력이 남자보다 뛰어날 확률이 높다. 반면 남자들은 매연이나 담배연기 등 중금속과 같은 환경 때문에 후각 능력이 떨어지고 있다. 후각은 계속해서 발달하지는 않는다. 단지 오랜 시간 냄새에 훈련될 뿐이다. 결론적으로 남녀의 후각 능력은 차이가 없다. 다만 연령이나 매연과 같은 환경적 요인 등에 얼마나 영향을 받는지에 따라 후각 능력이 결정된다.

막 직전에 크게 심호흡을 하면 좀 나을 거야……. 열심히 머리를 굴리던 노빈손이 움찔 하며 고개를 돌렸다. 뒤에 앉아 있던 말숙이가 갑자기 방망이 같은 손가락으로 옆구리를 쿡쿡 찔렀던 것이다.

"왜 찔러?"

"솔직히 말해 봐. 너 아까 오줌 쌌지?"

"또 그 얘기야? 아니라니깐."

"아냐. 분명히 쌌어. 그래서 일부러 이거 타자고 그런 거야. 옷에 물이 튀면 오줌 싼 거 숨길 수 있으니까. 내 말이 틀려?"

"그게 아니… 으아아앗―."

노빈손이 갑자기 자지러지는 비명을 질러댔다. 어느새 통나무배가 꼭대기를 지나 아래로 곤두박질치기 시작했던 것이다. 미처 마음의 준비도 하기 전에 내리막길에 들어선 노빈손은 자기가 말숙이의 잔꾀에 당했음을 비몽사몽 중에 깨달았다. 바로 이걸 노리고 꼭대기 바로 밑에서 옆구리를 찌르며 말을 건 게 틀림없었다.

스스스슷―

가파르게 떨어져 내리던 통나무배의 속도가 한결 줄어들었다. 하지만 노빈손은 여전히 넋나간 얼굴로 신음을 내뱉고 있었다. 간신히 정신을 차렸을 때는 이미 통나무배가 두 번째 오르막길을 기어오르고 있을 때였다.

"어으으……."

노빈손은 비 맞은 강아지처럼 부르르 머리를 떨었다. 그리고는 말숙이를 돌아보며 성난 얼굴로 눈을 부라렸다. 불여우 같으니라구. 치사하게 이런 식으로 골탕을 먹이다니.

"뭘 봐? 꼭 승냥이 같은 눈을 하고서."

"불여우! 살쾡이! 넌 무슨 애가 그렇게… 으아아아―."

노빈손의 입에서 아까보다 훨씬 더 큰 비명이 터져나왔다. 투덜대는 사이에 통나무배가 또다시 내리막으로 접어들었던 것이다.

으하하하―. 말숙이의 웃음소리가 꿈결처럼 가물가물하게 귓가에 들려왔다. 흐릿해진 노빈손의 눈앞에 뭔가 정체 모를 빛줄기 하나가 번쩍 지나가고 있었다.

"헉헉―."

노빈손은 가쁜 숨을 몰아쉬며 힘겹게 계단을 내려왔다. 정신을 바짝 차린 상태에서도 견디기가 힘든데 두 번이나 느닷없이 당했으니 그 후유증이 오죽하랴. 물이 튀어 축축해진 바지를 손으로 더듬으며 노빈손은 문득 쓴웃음을 지었다. 어쩌면 이 액체가 정말로 물이 아니라 암모니아일지도 모른다는 생각이었다.

"빨리 가자. 사진 봐야지."

"사진이라니?"

"아까 내려갈 때 불빛이 번쩍했잖아. 그게 바로 카메라 플래시거든. 저쪽으로 가면 사람들 사진이 쭈욱 전시되어 있을 거야."

"뭐? 그게 정말이야?"

후룸라이드를 탄 채 바깥의 물을 보면 물이 정지해 있는 것처럼 보인다. 그건 물이 배와 같은 속도로 흐르기 때문이다. 반대로 차를 타고 가면 주변의 가로수들이 뒤로 가는 것처럼 보인다. 이것은 관찰자의 움직임에 따라 운동이 정지로, 정지가 운동으로 보이는 것뿐이다. 달리는 차 안에서 같은 속도로 달리는 차를 보면 멈춰 있는 것처럼 보이고, 좀 더 빠른 속도로 달리는 차를 보면 달리는 것 같고, 타고 있는 차보다 느린 속도로 달리는 차를 보면 뒤로 가는 것처럼 보이는 착시 현상이다.

노빈손은 기겁을 하며 황급히 말숙이를 쫓아갔다. 사진 속에 노빈손 얼굴이 어떻게 나왔을지 안 봐도 뻔하다는 생각이 들었던 것이다. 하지만 짚단처럼 후들거리는 다리로 말숙이의 잰걸음을 앞지를 수는 없는 일. 결국 노빈손은 결코 보여 주고 싶지 않은 적나라한 모습을 말숙이에게 고스란히 들키고 말았다.

"푸하하, 저 얼굴 좀 봐라. 완전히 꼬랑지에 불붙은 노새야. 낄낄낄."

"……."

"정말 신기해. 어떻게 사람 얼굴이 저렇게까지 망가질 수 있을까?"

"……."

노빈손은 시무룩한 얼굴로 사진 속의 제 얼굴을 쳐다보았다. 개구리처럼 튀어나온 눈, 도야지처럼 실룩거리는 코, 하마처럼 벌어진 입, 그리고 불량 감자처럼 일그러진 얼굴. 자기가 봐도 실로 민망하기 짝이 없는 망측한 몰골이었다.

특이한 건 사진이 남들에 비해 유난히 뿌옇다는 점이었다. 노빈손의 번들거리는 머리가 플래시 불빛에 반사되는 바람에 얼굴 위쪽의 윤곽이 제대로 나오지 않고 흐릿하게 번져 있었던 것이다. 뒷자리에서 신나게 웃고 있는 말숙이는 노빈손과는 반대로 얼굴 아래쪽의 입 언저리가 허옇게 번져 있었다. 아마도 이빨 위의 철사가 불빛에 반사된 탓인 듯했다.

"언니, 저희 사진 좀 찾아 주세요."

"네에, 어떤 거죠?"

"저기 저 ET 같은 남자애 있죠? 머리통 흐리멍덩한……."

"어머, 저분은 미리 말씀하셨으면 좋았겠네요. 플래시 터뜨릴 필요 없다구요. 호호호."

안내원이 키득거리며 노빈손을 쳐다보았다. 황급히 고개를 돌리며 딴전을 피우는 노빈손의 귀에 어느 연인들의 간지러운 애깃소리가 또렷이 들려왔다.

"자기야, 나 사진 안 찾을래. 너무 이상하게 나왔잖아."

"아이, 오빠? 뭐가 이상하다고 그래. 훨씬 더 웃기는 사진도 많은데."

"하긴, 저 탈바가지 같은 애보다는 내가 훨 낫다, 그치?"

"그러엄! 쟤에 비하면 오빠 완존히 장동건이야."

으으, 탈바가지라니……. 노빈손의 얼굴이 하회탈처럼 꼬깃꼬깃하게 구겨지고 있었다.

범퍼카를 탄 무법자

"요번엔 뭘 타볼까?"

말숙이가 주먹을 우두둑 꺾으며 주위를 두리번거렸다. 온몸이 파김치가 된 노빈손과 달리 말숙이는 놀이기구를 타면 탈수록 점점 더 힘이 솟구치는 모양이었다.

에휴—. 내가 어쩌자고 이런 코뿔소 같은 애를 사귀었을까……. 노빈손은 한숨을 폭 내쉬며 힘없는 목소리로 말했다.

"좀 쉬면 안 될까?"

"얘 좀 봐? 한 게 뭐 있다고 벌써 쉬어? 이제 시작인데."

"그럼 좀 평화로운 걸로 타자."

"평화로운 게 어떤 건데?"

"꼭 그렇게 오르락내리락 해야 맛이니? 평지에서 타는 것도 많잖아. 이를 테면 회전목마라든가……."

"우리가 무슨 코흘리개 어린애니? 그런 걸 타게."

콧방귀를 뀌며 주변을 둘러보던 말숙이의 시선이 문득 한곳에서 멎었다. 노빈손 말대로 평지에서 탈 수 있는 놀이기구가 눈에 띄었던 것이다. 천장과 바닥에 불꽃을 일으키며 빙글빙글 돌아다니는 작은 자동차. 바로 그 이름도 유명한 〈범퍼카〉였다.

"좋아, 그럼 저걸 타자."

"어떤 거?"

노빈손은 반색을 하며 말숙이가 가리키는 곳으로 눈길을 돌렸다. 장난감처럼 생긴 작은 차들이 편평한 바닥 위를 이리저리 돌아다니고 있었다. 어른 몇 몇을 제외하면 승객들도 대부분 나이 어린 조무래기들이었다.

하하, 저 정도야 우습지……. 노빈손은 비로소 제 수준에 맞는 놀이기구를 찾았다는 생각에 내심 흐뭇해하며 여유 있게 고개를 끄덕였다.

"타지 뭐. 그대가 원한다면."

크크―. 말숙이의 입가에 야릇한 미소가 피어올랐다.

범퍼카는 어떻게 움직일까?

범퍼카는 뒤쪽에 긴 쇠막대가 헌설뇌어 천장의 철소망에 닿아 있는데 이곳에 전류가 통해서 움직이는 전기 자동차이다. 양극과 음극의 직류 전기를 공급받는데 양극은 바닥이고 음극은 천장의 철조망으로 흐르는 전기이다. 천장의 철조망과 쇠막대가 만나면 전기가 통하게 되고 떨어지면 전기가 끊어지면서 방전이 일어난다. 가끔 천장에서 불꽃이 번쩍거리는 것은 이 때문이다. 범퍼카의 속력은 1인용 범퍼카의 경우 평균 시속 20km이다.

쿵짝 쿵짝
쿵짜자 쿵짝
끼릭
끼릭
스르르
야호~! 그럼 출발해 볼까?
으앗!
쿵!!!
쿵!!!
뭐뭐야? 유성이 추락했나?
으히히히힛!
쌩
쿵!!!
야! 말숙이 너!! 그런 체중 실린 공격은 반칙이야!

※범퍼카 상식 : 핸들을 반 바퀴(180도) 돌리면 뒤로 후진할 수 있다.

이얏!
빈손이 얼굴 맞아?
꽈광
힉!
또간다!
오줌소태~
받아라!
노새야!
← 만약 악마가 있다면 이런 얼굴
카하아핫
퍼억!!!
말숙이는 골목길을 질주하는 영화속의 무법자처럼 전후 좌우로 능숙하게 차를 몰며 맹렬하게 공격을 퍼부었다.
끄깔깔 깔
엉엉~ 누가좀 말려 줘요~
쫌만 참아요 시간 다돼 가니깐...
불쌍해라

★ 너희가 바이킹을 아느냐 ★

놀이동산의 대명사는 뭐니뭐니해도 바이킹. 에버랜드의 〈콜럼버스 대탐험〉은 언제나 사람들로 북적거리는 인기 짱의 놀이기구다. 여기에도 아주 재미있는 과학원리가 숨어 있으니 이름하여 '진자의 원리(진자는 시계추처럼 줄에 매달린 채 왔다갔다 하는 물체를 뜻한다)'. 지금까지 멋모르고 뱃놀이에만 열중했던 독자들은 지금부터 눈을 크게 뜨고 바이킹의 비밀을 익히기 바란다.

바이킹 퀴즈 1 : 왕복 시간

오랜만에 아주 간단한 퀴즈를 하나 풀어 보자. 바이킹이 별로 높이 안 올라가고 좌우로 조금씩만 움직일 때와 엄청 높이 올라갔다 내려왔다 하면서 아주 넓은 폭으로 움직일 때 중에서 어떤 경우에 1회 왕복 시간이 더 오래 걸릴까?

① 좁은 폭으로 움직일 때   ② 넓은 폭으로 움직일 때   ③ 똑같다

당연히 2번? 움직이는 거리가 기니까 시간도 더 오래 걸리는 게 당연하다 이거지? 그랬으면 얼마나 좋을까. 하지만 틀렸다. 이 문제의 정답은 3번이다. 높이 올라가건 낮게 올라가건 상관없이 배가 한 번 왕복하는 데 걸리는 시간은 언제나 똑같다.

그네 역시 미친가지. 겁쟁이 노빈손이 타는 둥 마는 둥 아먼서 살금살금 나선, 말숙이가 발을 쾅쾅 구르면서 꼭대기까지 올라갈 정도로 요란하게 타건, 그네가 한 번 왔다갔다하는 데 걸리는 시간에는 아무런 차이가 없다. 이 신기한 사실을 맨 처음 발견한 사람은 이번에도 역시 갈릴레이다.

갈릴레이는 "추를 매단 줄의 길이가 같을 경우 추의 왕복 시간은 무게나 진폭에 상관없이 언제나 똑같다"는 사실을 실험을 통해 밝혀냈다. 시계추, 그네, 바이킹, 줄에 매단 지우개 등 진자 운동을 하는 모든 물체에 똑같이 적용되는 이 법칙을 가리켜 '진자의 등시성'이라고 한다.

진자의 왕복 시간을 변화시키려면 줄의 길이를 바꿔야 한다. 줄이 길어지면 왕복 시간도 길어지고 줄이 짧아지면 왕복 시간 역시 짧아진다. 하지만 1m짜리 줄을 50cm로 줄인다고 해서 왕복 시간도 절반이 되는 건 아니다. 시간을 절반으로 줄이려면 줄의 길이는 약 1/4이 되어야 한다. 또 시간을 두 배로 늘리려면 줄의 길이가 약 4배가 되어야 한다.

갈릴레이는 진자의 원리를 이용하여 시계를 만들 계획을 세웠지만 미처 그 뜻을 이루지 못하고 세상을 떠났다. 그로부터 약 16년 뒤에 네덜란드의 호이겐스라는 사람이 마침내 진자를 이용한 진짜 시계를 만들어낸다. 그는 줄의 길이가 28.42cm일 때 추의 왕복 시간이 정확히 1초가 된다는 사실을 처음으로 밝혀냈다고 한다.

바이킹 퀴즈 2 : 제일 빠른 순간

두 번째 퀴즈. 바이킹을 타고 왔다갔다할 때 속도가 제일 빠른 순간은 언제일까?

① 제일 높이 올라갔을 때 ② 제일 낮게 내려왔을 때 ③ 속도는 늘 똑같다

요건 좀 알쏭달쏭하지? 1번 아니면 3번일 거 같다고? 또 틀렸다. 제일 높이 올라가면 빨라지는 게 아니라 오히려 순간적으로 바이킹이 정지하면서 속도가 0이 된다. 이 문제의 정답은 2번이다.

공중에 있는 물체는 그 높이에 해당하는 위치에너지를 갖는다. 그리고 위치에

너지는 아래로 내려오면서 차츰 운동에너지로 바뀐다. 꼭대기에서는 위치에너지가 최고로 커지는 반면 운동에너지는 0이 되고(정지), 낙하하면서 높이가 낮아지면 위치에너지가 줄어드는 만큼 운동에너지가 늘어나게 되는 것이다.

그러다가 제일 낮은 곳까지 내려오면 이번엔 꼭대기와 반대로 위치에너지는 0이 되고 운동에너지는 최대가 된다. 바로 이때가 바이킹의 속도가 최고로 빨라지는 순간이다. 즉, '속도=운동에너지의 양'이다. 배가 맨 밑을 지나 반대쪽으로 올라가기 시작하면 속도는 줄어들고 위치에너지가 다시 늘어나기 시작한다.

★ 환상의 무중력 여행 ★

'무중력 상태'가 뭐냐고 물으면 여러분은 대부분 "중력이 없는 상태"라고 대답할 것이다. 어쩌면 여러분의 형이나 누나들도 그렇게 얘기할지 모른다. 무중력의 '무'는 국 끓여먹는 무가 아니라 '없을 무(無)'라고 은근히 잘난 척을 해가면서 말이다.

하지만 기죽을 필요는 없다. 그건 완전히 틀린 대답이니까. 무중력 상태는 중력이 없는 상태가 아니라 단지 중력의 존재를 잠시 잊을 수 있는 상태일 뿐이다. 즉, 중력이 작용하기는 하지만 우리가 그것을 느끼지 못하는 상태가 바로 무중력 상태인 것이다. 지금부터 하는 설명을 잘 읽고 나서 형이나 누나에게 멋지게 복수를 하기 바란다.

무중력을 느끼는 몇 가지 방법

70도 각도로 하늘 높이 올라갔다가 쏜살같이 내려오는 바이킹. 휙 솟았다가 뚝 떨어지는 〈후레쉬 팡팡〉, 눈과 머리가 한꺼번에 빙빙 도는 〈허리케인〉 등등은 놀이동산에서 무중력을 경험할 수 있는 대표적인 놀이기구들이다. 무엇이 우리에게 그런 아찔한 느낌을 선사하는 걸까?

평소에 우리의 몸에는 두 가지 힘이 동시에 작용한다. 하나는 아래쪽으로 잡아당기는 중력, 그리고 다른 하나는 방바닥이나 땅바닥이 위로 떠받쳐 주는 수직항력이다. 이 중에서 수직항력이 없어지면 우리는 순간적으로 가슴이 철렁하고 몸이 공중에 붕 뜬 것 같은 무중력 상태를 경험하게 된다.

바이킹에서는 배가 꼭대기에 올랐다가 떨어지는 순간에 무중력을 느낄 수 있다. 그 이유는 배가 여러분과 동시에 자유낙하를 하기 때문. 배와 사람이 똑같은 속력으로 떨어져 내리기 때문에 여러분을 떠받쳐 주던 힘이 사라지고, 그로 인해 마치 맨 몸으로 공중에 떠 있는 것 같은 느낌을 갖게 되는 것이다.

그럼 꼭 놀이기구를 타야만 무중력을 느낄 수 있을까? 그렇지는 않다. 미국의 티토 아저씨처럼 우주 공간을 여행하면서 지겹도록 무중력을 느낄 수도 있기 때문이다. 물론 빌 게이츠와 맞먹을 정도로 부자라야 한다는 까다로운 조건이 있긴 하지만.

그럴 돈이 없다고? 그럼 꿩 대신 닭이다. 단돈 1,050원을 내고 버스를 탄 다음, 언덕길을 신나게 내려올 때 공중으로 풀쩍 뛰어 오르는 거다. 비록 아주 짧은 순간이긴 하지만 그것도 분명 무중력은 무중력이다(엘리베이터를 타고 내려가면서 줄이 끊어지기를 기도하는 방법도 있긴 하지만 그건 가능성이 거의 없을 뿐 아니라 별로 권장할 만한 방법도 못 된다).

악! 내 몸이 이상해진다!!

무중력 상태가 되면 우리의 몸에는 어떤 변화가 생길까? 몸 안팎의 조건이 평소와 달라지기 때문에 엄청 희한하고 난감한 일들이 마구 일어나게 된다. 다음은 무중력 상태에서 겪게 될 대표적인 현상들이다.

(1) 왜 세상이 빙빙 돌지? : 사람은 귓속에 들어 있는 반고리관과 전정기관을 통해서 방향 감각과 균형 감각을 느낀다. 그런데 이 기관들은 중력에 의해 자극을 받기 때문에 무중력 상태가 되면 혼란에 빠질 수밖에 없고, 그 결과 지시를 내려야 할 뇌도 술 취한 사람처럼 갈팡질팡하게 된다. 얼마만큼 움직여야 하는지도 모르고 상하좌우를 구분하지도 못하고… 한마디로 제정신이 아닌 완전한 혼수상태다.

(2) 내 얼굴 돌리도!! : 중력의 영향으로 몸 아래쪽에 몰려 있던 혈액이 온몸에 골고루 퍼진다. 그 결과 머리의 혈압이 높아져서 얼굴이 라면처럼 팅팅 불은 모습이 된다. 이와 달리 혈액이 줄어든 다리는 평소보다 훨씬 움츠러든다. 하지만 말숙이처럼 날씬해지고 싶은 사람이라면 흐뭇해할지도 모른다. 허리의 혈액이 가슴

으로 이동해 허리 둘레가 평소보다 훨씬 가늘어지기 때문이다.

 (3) 윽! 오줌이 안 나온다! : 혈액이 상체로 몰리면서 콩팥에서 혈액이 이동할 수 있도록 도와주는 압력이 약해지고, 그 결과 오줌량이 20~70% 줄어든다. 화장실 자주 안 가서 좋겠다고? 하나만 알고 둘은 모르는 소리! 콩팥에 돌멩이가 생길 수도 있다. 노폐물을 제때 버리지 않고 몸 안에 쌓아 두면 천하장사라도 탈이 나는 법이다.

 (4) 내 키가 커졌어요! : 척추의 뼈와 뼈 사이에 작용하는 중력의 효과가 없어지면서 키가 자그마치 5cm나 커진다. 하지만 뼈 속의 칼슘이 솔솔 빠져 나가기 때문에 부실하고 푸석푸석한 약골이 되고 근육 또한 약해진다. 그래서 우주 비행들에게 운동은 필수! 그런데 운동하는 모습이 좀 우습다. 중력과 같은 효과를 내는 번지점프용 밧줄을 온몸에 주렁주렁 매달고 러닝머신 위를 달린다나 뭐라나.

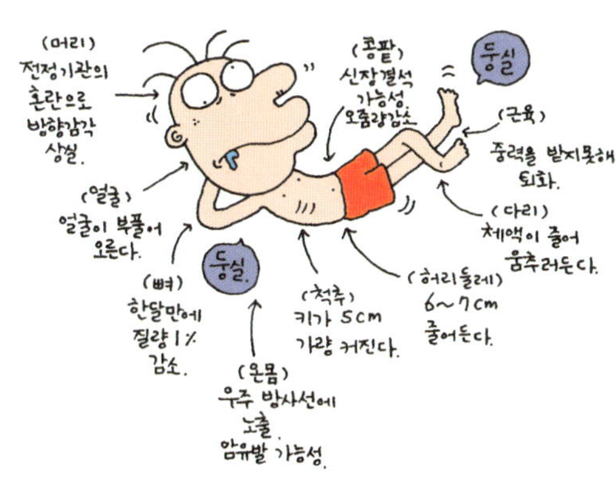

「무중력 상태에서의 변화」

4

꽃밭 속의 폭탄들

이글이글—

오후의 뙤약볕이 온몸을 바늘처럼 콕콕 찔러댔다. 여전히 씩씩하게 콧김을 내뿜는 말숙이와 달리 노빈손은 그야말로 죽을 맛이었다. 하나만 타도 녹초가 되는 놀이기구를 자그마치 아홉 개나 강제로 탔던 것이다. 그것도 무섭고 아찔하기로 소문난 것들로만 고르고 골라서. 도망치고 싶은 생각이 굴뚝같았지만 뜀박질도 느리고 맷집도 약한 노빈손으로서는 도저히 말숙이의 사정거리를 벗어날 수 없었다.

〈허리케인〉을 탔을 때 노빈손은 온몸이 무시무시한 소용돌이 속으로 빨려들어가는 듯한 엄청난 공포에 몸을 떨었다. 〈무지개 여행〉을 탔을 때는 온 세상이 거대한 팽이처럼 핑핑 돌아가는 것 같았다. 특히 〈환상특급〉을 타고 공중에서 360도로 회전할 때의 아찔함은 정말이지 그런 악몽이 따로 없을

그네처럼 왔다갔다 하면서 회전판처럼 회전하는 놀이기구, 허리케인. 좌우로 움직이면서 시계반대방향으로 돌아가서 흔히 팽이그네라고도 한다. 1분에 24번 회전, 말하자면 2.5초에 한 번 돌아가니까 속도가 무척 빠른 셈. 게다가 좌우로 90도 정도 움직인다. 허리케인은 기둥의 꼭대기에 있는 기어에 의해서 좌우로 움직여지고 회전판은 기둥과 맞닿은 곳에 있는 기어에 의해서 돌게 된다. 원심력 때문에 허리케인을 타면 몸이 밖으로 밀려나가는 듯한 기분을 느낄 것이다.

정도였다.

"좀 쉬었다 탈래?"

말숙이가 넌지시 말을 건넸다. 몽롱함이 채 가시지 않은 눈으로 헉헉대며 걷고 있던 노빈손은 이 뜻밖의 제안에 잠시 제 귀를 의심했다. 애가 갑자기 더위 먹었나? 최소한 열 개는 타고 쉬어야 한다면서 강제로 끌고 다닐 때는 언제고?

"저, 정말이야?"

"그럼, 정말이잖구. 니 눈 보니까 아무래도 안 되겠다, 애."

말숙이는 엄청 너그러운 척하며 노빈손의 어깨를 툭툭 건드렸다. 그리고는 저만치 건너편을 손가락으로 가리켰다. 화려한 원색의 꽃들이 눈부시게 피어 있는 그곳은 지금 한창 장미 축제가 벌어지고 있는 〈장미원〉이었다.

"저기서 산책을 하고 나면 정신이 좀 돌아올 거야."

노빈손은 얼떨떨한 얼굴로 말숙이를 쳐다보았다. 어울리지 않게 웬 꽃밭이람? 쑥밭이나 자갈밭이라면 또 몰라도……. 하지만 말숙이는 노빈손의 황당함을 아는지 모르는지 마냥 들뜨고 행복한 표정이었다.

"난 꽃밭만 보면 기분이 좋더라. 꼭 집에 온 것처럼 마음이 편안해지거든. 남들이 그러는데, 내가 꽃밭에 있으면 꽃인지 사람인지 잘 구분이 안 간대. 호호호호."

꽃들이 들으면 데모하겠군……. 노빈손은 어이가 없어서 하품이 나올 지경이었지만 겉으로는 공감하는 척 고개를 끄덕였다. 혹시라도 비위를 잘못 건드렸다간 곧바로 다시 놀이기구 쪽으로 끌려갈 게 뻔했기 때문이다.

"내, 내 생각도 그래."

"정말?"

"그러엄. 넌 언제 봐도 가냘픈 한 송이 수선화라니까."

"오호호호, 귀여운 것."

말숙이는 목젖이 다 들여다보일 정도로 크게 입을 벌리며 호탕하게 웃어 댔다. 그리고는 기특해서 못 견디겠다는 표정으로 노빈손의 빛나는 머리를 쓰다듬었다. 다음 순간.

"앗, 뜨거!"

호들갑스러운 비명을 지르며 말숙이가 황급히 손을 떼었다. 난로 뚜껑에 손이라도 덴 것 같은 뜨악한 얼굴이었다.

"왜 그래, 갑자기?"

"세상에. 무슨 머리통이 그렇게 뜨겁니? 손바닥이 홀랑 벗겨질 뻔했잖아."

설마…… 노빈손은 반신반의하며 제 머리를 조심스레 만져 보았다. 평소보다 좀 뜨뜻하긴 했지만 그렇다고 손에 화상을 입을 정도는 아니었다. 아무리 직사광선을 남들보다 좀 많이 받기로서니 프라이팬도 아닌 사람 머리가 어떻게 그렇게 달아오를 수 있단 말인가. 억울한 눈빛으로 노려보는 노빈손에게 말숙이가 냉정한 목소리로 말했다.

"안 되겠다. 저만큼 떨어져서 다녀."

"왜?"

"왜긴, 터질까 봐 그러지."

으으—. 졸지에 폭탄이 되어 버린 노빈손의 정수리에서 더운 김이 모락모락 솟아올랐다. 머리가 터지든 속이 터지든 둘 중 하나는 정말로 터져 버릴 것만 같았다. 바로 그때 웬 까까머리 중학생들이 나타나 노빈손을 폭발 직전에서 구해 냈다. 뒤뚱거리며 꽃밭으로 달려가는 말숙이의 등뒤에서 녀석들이 이렇게 수군거렸던 것이다.

"우와, 저 누나 엄청 폭탄이다. 그치?"

"히힛, 피해라. 콩가루 되겠다."

"꽃밭이 아니라 지뢰밭이다. 캬캬캬—."

낄낄낄—. 노빈손의 머리가 빠른 속도로 다시 냉각되기 시작했다.

말숙이와 카메라

장미원은 황홀한 별천지였다. 환하게 피어 있는 수천 수만 송이의 꽃들 사이를 거닐다 보니 왠지 마음까지 꽃처럼 환해지는 것 같았다. 노빈손은 조금 전까지의 고달픈 기억들을 깡그리 잊고 모처럼 맡는 꽃향기에 흠뻑 취해 있었다.

말숙이의 엽기적인 행동은 꽃밭에서도 예외가 아니었다. 슬픈 표정으로 꽃잎을 쓰다듬으며 비련의 여주인공 흉내를 내는가 하면 장미꽃 앞에 턱을 괴고 앉아서 느닷없이 김소월의 「진달래꽃」을 읊기도 했다. 또 땅에 떨어진 꽃잎들을 주워서 머리 위로 흩날리며 우당탕탕 뛰어다니기도 했다.

으악! 피해라…… 사람들이 행여 부딪칠세라 기겁을 하고 흩어지는 바람에 평화롭던 꽃길이 졸지에 어수선한 피난길로 바뀌고 있었다.

"잘한다, 잘해. 꽃밭을 아예 쑥대밭으로 만드는구나."

쯧쯧거리던 노빈손의 얼굴에 문득 생기가 돌았다. 웬 아리따운 여자가 자기를 향해 사뿐사뿐 걸어오고 있었던 것이다. 샴푸 모델처럼 찰랑거리는 긴 생머리, 상큼한 얼굴, 그리고 하늘거리는 쪽빛 원피스…….

노빈손은 재빨리 어깨의 각을 잡고 약간 쓸쓸한 표정을 지으며 아련한 눈빛으로 하늘을 올려다보았다. 이런 상황에 대비해서 미리 거울을 보며 연습해 둔 비장의 카드였다.

"저… 죄송하지만 사진 한 장만 찍어 주실래요?"

우와, 이 옥구슬 같은 목소리. 역시 누가 뭐래도 사람이 꽃보다 아름답다니까.

"사진 말씀이시오? 그러시오. 카메라 이리 주오."

노빈손은 목소리를 잔뜩 깔고 느끼하게 말하며 카메라를 받아 들었다.

"좌측으로 약간 오시오. 허허, 너무 많이 가셨구려. 옳거니, 그쯤 서시오……."

사진 구도를 잡는 척하며 렌즈 너머로 상대를 요리조리 뜯어보고 있을 때, 갑자기 누군가가 우악스럽게 카메라를 휙 잡아챘다. 말숙이였다.

"왜, 왜 이러오?"

"비켜! 내가 찍을 거야."

"어허, 이 아낙네가……."

옷 속도 꿰뚫어본다는 투시 카메라의 비밀은 뭘까? 투시 카메라는 가시광선부터 빛을 투과시키는 일반 카메라와는 달리 가시광선을 차단하고 적외선부터 빛을 투과시킨다. 그렇다면 적외선이란 뭘까? 적외선이란 눈으로 보이진 않지만 우리가 따뜻하게 느끼는 열이다. 침투력이 약해 옷 표면에서 반사되는 가시광선과 달리 침투력이 강한 적외선은 옷 표면을 뚫고 피부까지 들어갔다 다시 나오기 때문에 옷 속을 꿰뚫어볼 수 있는 것이다.

“비키라니까. 맞을래?”

찔끔—. 노빈손이 풀죽은 표정으로 옆으로 비켜났다. 어이없는 표정으로 둘을 번갈아 쳐다보는 생머리 아가씨에게 말숙이가 투박한 말투로 지시를 내리기 시작했다.

“좀 왼쪽으로 오쇼!”

“네? 네에……”

“너무 많이 갔잖아. 다시 오른쪽!”

“이, 이 정도면 되나요?”

“나아 참! 거긴 아까 그 자리잖아. 아줌마 바보유?”

“죄, 죄송합니다.”

말숙이의 시퍼런 서슬에 기가 질린 생머리 아가씨는 우왕좌왕하며 어쩔 줄을 몰라 했다. 말숙이는 유격대 교관처럼 카랑카랑하게 “좌로! 우로! 동작 봐라!”를 외치다가 상대가 미처 자세를 잡기도 전에 대충 셔터를 눌러 버렸다. 카메라를 돌려 받기가 무섭게 후다닥 사라지는 그녀의 뒷모습을 노빈손이 아쉬운 눈길로 배웅하고 있었다.

장미원에는 사진 찍기에 안성맞춤인 근사한 장소들이 곳곳에 있었다. 여러 쌍의 연인들이 노빈손에게 카메라를 건네며 사진을 찍어 달라고 부탁했지만 말숙이는 그때마다 자기가 찍겠다며 노빈손을 밀어냈다. 노빈손에겐 아무 여자도 못 쳐다보게 하고 자기는 어떤 남자든 다 구경하겠다는 천하의 놀부 심보였다.

한 가지 이상한 건, 다정한 연인들만 보면 늘 심통을 부리며 험담을 늘어놓던 말숙이가 오늘따라 엄청 친절하게 군다는 점이었다. 두 분이 잘 어울리네요, 커플 티가 참 예쁘네요, 좀더 다정하게 서보세요 등등. 전에 없이 미소까지 머금어 가며 사진을 찍는 걸로 봐서 뭔가 수상한 꿍꿍이가 있는 게 분명했다.

"웬일이야?"

노빈손이 미심쩍은 얼굴로 물었다.

"뭐가?"

"남들 데이트하는 데 사진까지 찍어 주고. 전엔 안 그랬잖아."

"물론 지금도 안 그래."

"그럼? 너 설마……."

"흐흐흐, 사진 나온 거 보면 걔들 전부 까무러칠걸?"

노빈손은 그제야 말숙이가 사진을 죄다 엉터리로 찍었음을 눈치챘다. 그들은 사람을 잘못 골라도 아주 단단히 잘못 골랐던 것이다. 멀쩡한 연인들 싸움 붙이는 게 취미인 말숙이에게 카메라를 맡겼으니, 그야말로 굶주린 모기한테 팔뚝을 맡긴 셈이었다.

"아까 맨 처음에 찍어 준 애들 있지? 유치하게 커플 모자 쓰고 있던 애들 말야."

"니가 잘 어울린다고 했던 사람들?"

"흥! 잘 어울리긴. 엄청 닭살이던데."

"대체 어떻게 찍은 거야?"

사진에 눈이 빨갛게 나오는 이유(적목현상)

플래시를 터트려서 강한 빛이 우리 눈에 들어올 경우 홍체가 제때 반응을 하지 못하고 열려 있게 된다. 이때 망막 중심부에 있는 황반이 플래시 빛을 받아서 반사하게 되는데 그 색이 붉은 계통이다.

이 현상을 막기 위해 플래시를 이중으로 작동시키기도 한다. 처음 약한 빛에 의해 홍체가 반응해서 수축하면 강한 빛이 들어와도 망막이 붉은빛을 반사하지 않기 때문이다.

"모자만 쏙 빼고 찍었지. 그래도 콧구멍 아래로는 다 나왔을 걸?"

"그럼 커플 티 입었던 사람들은?"

"당연히 윗도리 빼고 찍었지. 허리랑 다리만 나올 거야."

"그럼 커플 모자 쓰고 커플 티 입고 커플 샌들 신었던 사람들은? 설마 사람은 빼놓고 땅바닥만 찍은 건 아니겠지?"

"아하, 고것들?"

말숙이가 코를 쓱쓱 후비며 심드렁하게 대답했다.

"고것들은 특별히 다 찍어 줬어. 대신 찍을 때 카메라를 살짝 흔들었지. 눈코입 구분하는 데 최소한 30분은 걸릴 거야."

졌다……. 노빈손은 말숙이의 심술에 새삼 혀를 내두르며 두 팔을 머리 위로 번쩍 들었다. 놀부 마누라와 뺑덕 어멈과 팥쥐 엄마가 한꺼번에 덤벼도 말숙이에게는 감히 명함도 못 내밀 게 분명했다.

“이제 우리도 좀 찍자. 남들만 찍어 주고 갈 순 없잖아.”

말숙이가 카메라를 손에 들고 주위를 두리번거렸다. 때마침 저쪽에서 서너 명의 청년들이 나란히 걸어오고 있었다. 물론 말숙이가 카메라를 맡긴 사람은 그 중에서도 제일 훤칠하고 잘생긴 청년이었다.

“오빠, 가로로 찍지 말고 세로로 찍어 주세요.”

“오빠… 라구요?”

청년이 울상을 지으며 말숙이를 쳐다보았다. 큰누나 뻘로 보이는 아낙에게 오빠 소리를 들으니 갑자기 슬픔이 복받치는 모양이었다. 하지만 눈치 없는 말숙이는 여전히 생글거리며 뚱딴지 같은 얘기를 하고 있었다.

“세로로 찍어야 더 늘씬하게 나오거든요. 호호호.”

“늘씬… 이라구요?”

청년은 갈수록 태산이라는 얼굴로 말숙이를 훑어본 뒤에 카메라를 세로로 돌렸다. 그리고는 파인더를 들여다보며 자꾸만 뒤쪽으로 물러섰다. 한 걸음, 두 걸음, 세 걸음……. 그러다가 일곱 걸음 만에 발을 멈추고 고개를 설레설레 저었다. 꽃밭의 울타리 때문에 더 이상은 뒤로 물러설 수 없는 상황이었다.

“저… 세로로는 도저히 안 되겠는데요.”

“왜요?”

“폭이 모자라요. 너무 뚱뚱하셔서 사진에 다 안 담기거든요. 아무래도 가로로 찍어야 될 거

촬영 각도(앵글), 즉 사진을 찍을 때 올려다보거나 내려다보거나 수평으로 보는 시선의 각도에 따라 같은 대상을 찍어도 전혀 다른 이미지가 된다. 의자 위에 올라서서 아래에 있는 친구를 찍으면 ‘큰바위 얼굴’이 되고, 쭈그리고 앉아서 친구를 올려다보고 찍으면 ‘롱다리’가 된다. 이제부터 카메라의 앵글을 바꿔 보자. 사진이 훨씬 재미있고 특별해질 것이다.

같은데……."

"어머머! 뭐라구요?"

봄바람처럼 나긋나긋하던 말숙이의 얼굴에 쌩 하고 찬바람이 일었다. 입술이 말리면서 은빛 이빨이 번쩍번쩍 광채를 드러냈다.

에그머니나……. 청년이 겁에 질린 얼굴로 주춤주춤 게걸음을 치기 시작했다.

"말도 안 돼. 모자라긴 뭐가 모자란다는 거예요? 남들은 세로로도 잘만 찍던데."

"아, 물론… 보통은 그렇죠."

"보통은 그렇다구요? 그럼 나는 왜 안 된다는 거죠?"

"아줌마는……."

청년이 그걸 몰라서 묻느냐는 듯한 표정으로 말했다.

"아줌마는 곱빼기잖아요."

으으! 이 짜식이…….

말숙이의 얼굴 때깔이 갓 볶아낸 자장처럼 시커멓게 변하고 있었다.

고스트 맨션에서 생긴 일

"나쁜 놈! 쥐며느리! 짚신벌레! 유글레나! 야광충! 어떻게 나한테 뚱뚱하다고 할 수가 있어? 온몸에 뼈밖에 안 남은 사람한테."

벌써 30분째였다. 제가 아는 곤충류와 파충류와 미생물들을 깡그리 동원

했지만 말숙이의 분노는 좀처럼 가라앉지 않았다. 노빈손은 그 불똥이 언제 자기한테 튈지 몰라 전전긍긍하며 벤치 위에 쥐죽은 듯 앉아 있었다. 간간이 맞장구를 쳐주는 것만이 위험에서 벗어날 수 있는 유일한 방법이었다.

"사람들이 말리지만 않았어도 아주 요절을 내버리는 건데."

"맞아, 맞아."

"내가 뼈가 좀 굵어서 그렇지, 살은 하나도 없는데."

"없고말고."

"빈손아, 너도 알지? 내가 얼마나 연약한 사람인지."

"알고말고."

두 번만 연약했다간 사람 여럿 잡을 거야, 라고 생각하며 노빈손은 자리에서 천천히 일어섰다. 손에 들고 있는 빈 생수병에 물을 채우러 가기 위해서였다. 벌써 여섯 번이나 물병을 벌컥벌컥 비운 걸 보면 말숙이도 속이 타긴 어지간히 타는 모양이었다.

"어? 저긴 뭐지?"

급수대에서 물을 받던 노빈손이 문득 눈을 가늘게 뜨고 어딘가를 쳐다보았다. 저만치 계단 아래쪽에 중세 유럽의 성처럼 생긴 작은 건물 하나가 서 있었던 것이다. 왠지 으스스해 보이는 그 성의 입구에는 〈고스트 맨션〉이라는 간판이 걸려 있었다.

"고스트 맨션? 유령의 집?"

고스트 맨션과 같은 가상현실을 이용한 정신병 치료가 최근 주목받고 있다. 환자가 공포를 느끼는 상황을 가상현실로 만들어 환자가 익숙해지도록 하는 것이다. 고소공포증의 경우, 환자는 먼저 큰 선글라스가 달린 헬멧을 머리에 쓴다. 컴퓨터를 켜면 환자 눈앞에는 밖이 훤히 보이는 엘리베이터가 나타난다. 엘리베이터를 타면 한 층씩 올라간다. 고개를 숙이면 땅이 멀어지고, 고개를 들면 하늘이 점점 가까워진다. 환자가 딛고 선 판도 높이에 따라 흔들거리고, 귀에는 바람소리가 심하게 들린다. 하지만 이런 훈련이 반복되면 환자는 서서히 상황을 이겨나가서 고소공포증을 치료하게 된다.

노빈손은 슬며시 호기심이 솟는 걸 느꼈다. 비록 놀이기구는 적성에 맞지 않았지만 저런 곳이라면 한번쯤 들러 볼 만하다는 생각이 들었던 것이다. 기껏해야 귀신으로 분장한 사람들이 우물 속에서 까꿍 하며 튀어나오는 정도겠지. TV에서 연예인들 하는 거 보니까 하나도 안 무서워 보이던데.

"좋아, 한번 가 보자."

노빈손은 물병을 들고 한달음에 벤치로 달려왔다. 말숙이는 처음엔 들은 척도 않고 계속해서 벌레 이름만 외쳐댔지만 노빈손에게는 말숙이를 설득할 비장의 카드가 있었다. 설령 〈고스트 맨션〉이 달나라에 있다고 해도 기꺼이 길을 나서게 만드는 방법. 그건 바로 이 한마디였다.

"무서운 게 다이어트에 좋대."

벌떡! 자리를 박차고 일어선 말숙이가 성큼성큼 노빈손을 앞질러 걷기 시작했다.

맨션 내부에는 뜻밖에도 긴 책상과 의자들이 놓여 있었다. 어떻게 보면 도서관 열람실 같고 또 어떻게 보면 서재나 거실 같기도 했다. 특이한 게 있다면 자리마다 헤드폰이 하나씩 놓여 있다는 것 정도일까. 아무튼 노빈손이나 말숙이와는 전혀 어울리지 않는 고상하고 학구적인 풍경이었다.

"무슨 유령의 집이 이래?"

"그러게. 공부하다가 죽은 유령인가?"

노빈손은 실망한 표정으로 헤드폰을 머리에 걸쳤다.

파파팟―. 실내의 불이 한꺼번에 꺼지더니 어둠 속에서 웬 아저씨의 목소리가 들려오기 시작했다. 비바람소리가 약간 괴기스럽긴 했지만 무서움이 느껴질 정도는 아니었다.

"어서들 오십시오, 환영합니다."

목소리 엄청 까는군……. 시큰둥한 노빈손.

"이제 곧 주인님이 여러분을 만나러 오실 겁니다."

오든가 말든가……. 심드렁한 노빈손.

"주인님은 시끄러운 걸 싫어하시니까 다들 조용히 기다리셔야……."

아함, 어두우니까 졸리는군……. 노빈손의 눈이 조금씩 게슴츠레해졌다. 그때였다.

저벅! 저벅! 쿵! 쿵!

으스스한 발소리가 점점 가까워지는가 싶더니 갑자기 지진이라도 일어난 것처럼 책상이 심하게 덜컹거리기 시작했다. 비바람소리가 어느새 귀신의 흐느낌처럼 오싹한 소리로 바뀌어 있었다.

<u>으흐흐흐</u>— <u>으흐흐흐</u>—. 얌전히 드러누워 있던 노빈손의 머리카락들이 조금씩 곤두서기 시작하는 순간,

번쩍! 콰르르릉—

"흐읍!"

노빈손은 기겁을 하며 헛바람을 들이마셨다. 번갯불에 언뜻 비친 말숙이의 모습이 마치 퉁퉁 부은 처녀귀신처럼 보였다. 오금이 저려 어쩔 줄을 모르는 노빈손의 귀에 심장을 도

왜 공포를 느낄 때 기분이 짜릿해지는 걸까?
왜 두렵고 고통스런 것에 돈까지 지불하며 공포 체험을 할까. 공포스런 상황에서 뇌에서 분비되는 스트레스 호르몬은 마약 같은 기능을 가지고 있다. 공포 상황을 즐기려는 심리가 작동하는 것도 무의식 중에 이 스트레스 호르몬을 증가시키려는 신체의 작용으로 볼 수 있다. 또한 공포는 우리 몸 전체를 자극시키는 효과를 가져온다. 신경계통 전체를 자극하다 보니 쾌감도 같이 가져온다. 무서움뿐 아니라 쾌락도 경험할 확률이 높아지는 것이다.

려낼 듯 섬뜩한 가위 소리가 선명하게 들려왔다.

철컥― 철컥철컥―

"으으……."

이어서 끔찍한 비명소리가 칠흑 같은 어둠을 뒤흔들었다.

아악! 으아악!! 크아아아악―

"으아아아―."

노빈손은 자기도 모르게 덩달아 비명을 질러대며 황급히 머리를 감싸쥐었다. 바로 그 순간, 방울뱀의 휘파람 같은 기분 나쁜 소리와 함께 한줄기 바람이 노빈손의 얼굴에 정면으로 불어닥쳤다.

슈우웃―

"꺄악!!!"

노빈손은 자지러질 듯 비명을 질러대며 눈을 질끈 감았다.

엄마아―. 급기야 노빈손의 입에서 울음이 막 터져 나오려는 순간,

뚝!

"어라?"

이상한 일이었다. 그토록 무시무시하던 소리들이 갑자기 약속이나 한 듯 동시에 사라져 버렸던 것이다. 발소리도, 우레소리도, 비명소리도, 그리고 송곳처럼 날카롭게 귓속으로 파고들던 가위소리도. 눈을 뜨고 어둠 속을 둘러보는 노빈손의 얼굴이 뱅구저럼 멍청하게 변하고 있었다.

"왜 이렇게 조용하지? 설마 내 귀가?"

황급히 제 귀를 만져 본 뒤에야 노빈손은 비로소 그 이유를 깨달았다. 머리에 걸치고 있던 헤드폰이 자기도 모르는 사이에 어디론가 사라졌던 것이

다. 남들 같으면 그게 왜 저절로 벗겨졌는지 의아해했겠지만 노빈손은 달랐다. 가뜩이나 머리가 미끄러운데다가 식은땀까지 뻘뻘 흘렸으니, 헤드폰 아니라 질끈 동여맨 머리띠가 벗겨졌어도 별로 이상할 게 없었던 것이다.

"휴우, 십년 감수했네. 내가 왜 진작 이 생각을 못했지?"

가슴을 쓸어내리던 노빈손은 문득 말숙이에게 이 좋은 방법을 가르쳐 줘야겠다는 생각이 들었다. 지금쯤 말숙이는 헤드폰을 벗을 생각은 꿈에도 못한 채 공포에 떨고 있을 게 아닌가. 이럴 때 구원의 손길을 뻗치는 것이야말로 제 자상함과 지혜로움을 동시에 뽐낼 수 있는 일석이조의 행동이 될 것이었다.

기다려, 말숙아. 내가 구해 줄게……. 노빈손이 말숙이를 향해 슬며시 손을 뻗치려는 순간, 번갯불 조명이 두어 차례 번쩍거렸다. 어둡던 실내가 순간적으로 환해지면서 말숙이의 모습이 눈앞에 훤히 드러났다. 그런데,

"으잉?"

노빈손의 표정이 다시 한 번 멍청해졌다. 말숙이가 공포에 떨기는커녕 라디오 연속극이라도 듣는 듯한 즐거운 표정을 짓고 있는 게 아닌가. 더 놀라운 건 저절로 벗겨진 줄로만 알았던 노빈손의 헤드폰이 뜻밖에도 말숙이의 손에 들려 있다는 점이었다.

그럼 내 헤드폰을 말숙이가 벗겼다는 건가? 설마 쟤한테

밤에는 왜 소리가 크게 들릴까?

밤에는 낮보다 주위가 조용하기 때문에 상대적으로 크게 들리기도 하지만 직접적인 원인은 공기의 밀도 차이 때문이다. 소리는 보통 공기의 온도가 높고 밀도가 낮은 곳일수록 더 빠른 속도로 전파된다. 사방으로 퍼져나가던 소리는 속도의 차이에 의해서 공기 밀도가 다른 경계면에서는 굴절하게 되는데 속도가 빠른 물질에서 늦은 물질로, 즉 밀도가 작은 곳에서 큰 곳으로 굴절하게 된다. 헌데 밤에는 지표면이 대기보다 빨리 식기 때문에 지표면 근처의 기온이 윗부분 대기의 기온보다 더 낮다. 그래서 공기 밀도가 큰 지표면 근처의 공기 속을 퍼져 나가던 소리가 지표면 쪽으로 굴절하여 소리가 크게 들리게 되는 것이다. 반대로 낮에는 소리가 지표면에서 상공으로 굴절하여 퍼져서 잘 안 들리는 것이다.

그런 머리가? 가만, 그런데 왜 자기는 안 벗지? 저 재미있어하는 표정은 또 뭐야? 그새 유령들끼리 개그 콘서트라도 열었나? 어리둥절한 표정으로 앉아 있는 노빈손의 귀를 말숙이가 떼어낼 듯 거칠게 잡아당겼다. 이어서 콧김과 함께 전해지는 귓속말.

"맹꽁아."

윽! 맹꽁이라니.

"무서우면 헤드폰을 벗을 것이지 왜 촉새처럼 호들갑을 떨어?"

으으! 촉새라니.

"너 땜에 시끄러워서 제대로 듣지도 못했잖아. 한참 재미있는 판에."

맙소사! 재미라니.

"찍소리 말고 조용히 앉아 있어. 한 번만 더 시끄럽게 굴었다간……."

말숙이가 유령처럼 음산한 목소리로 말했다.

"가위 맛을 보여 줄 거야."

허거걱!!

갑자기 어렸을 때의 기억 하나가 눈앞에 떠올랐다. 동네 어귀 골목길 담벼락에 그려져 있던 큼직한 가위. '소변 금지'라는 글자 옆에서 섬뜩하게 입을 벌리고 있던 그 가위.

으으……. 노빈손은 정말로 찍소리도 내지 않고 쥐죽은 듯 조용히 앉아 있었다.

사파리 월드에서 들려온 괴성

말숙이는 유령의 집에서 나오자마자 노빈손을 전화박스 속으로 몰아넣었다. 그리고는 쏘가리처럼 사나운 얼굴로 소나기처럼 잔소리를 퍼부어댔다. 그게 뭐가 무섭냐고 구박하는 데 5분, 왜 그렇게 오도방정을 떠느냐고 꾸짖는 데 5분, 그리고 다이어트에 도움이 되기는커녕 배만 더 고파졌다고 투덜대는 데 20분, 도합 30분이었다.

노빈손은 숨소리도 내지 않고 묵묵히 꾸지람을 들었다. 반성하느라 그런 게 아니라 정말로 숨을 쉬지 않았기 때문이다. 말숙이의 우람한 몸에 의해 입구가 봉쇄된 전화박스엔 공기가 전혀 통하질 않았다. 장기전에 대비하여 산소를 아끼려면 숨쉬는 횟수를 최대한 줄이는 것밖에 다른 방법이 없었던 것이다.

"너랑은 정말 창피해서 같이 못 다니겠어. 혼자 다니든가 해야지."

제발 좀 그래 줘, 라는 말이 목구멍까지 올라왔지만 노빈손은 침을 꿀꺽 삼키며 그 말을 도로 가라앉혔다. 달아날 곳도 없이 꽉 막힌 전화박스 안에서 그런 식으로 반항을 했다가는 뒷일을 감당할 수 없기 때문이다. 밀폐용기에 갇힌 쇠파리 신세를 모면할 수 있는 최선의 방법, 그건 다름 아닌 아부였다.

"흑흑, 안 돼. 제발 같이 다녀 줘. 부탁이야."

말을 알아듣는 침팬지, 보노보
침팬지보다 조금 작고 성격이 온순한 피그미 침팬지, 보노보는 중앙아프리카나 콩고 분지에 약 2만 마리 정도 서식하는데 유전학적으로 인간과 가장 유사하며 직립 보행을 한다. 그 중 칸지라는 이름의 보노보는 인간의 말을 알아들을 뿐 아니라 자신의 생각을 표현할 줄 안다. 표현 방법은 216개로 이루어진 기호판을 누르는 것이다. 이 기호판은 사물을 나타내는 단어뿐 아니라 감정을 나타내는 단어도 있는데 칸지는 이 기호판을 통해 "열쇠로 문을 열어 주면 놀 수 있으니 행복하다"라는 뜻을 표현했다.

짜아식, 그래도 예쁜 건 알아가지고……. 말숙이의 얼굴이 약간 누그러지기 시작했다.

"쯧쯧. 내가 그렇게 좋니?"

"다, 당근이지."

"정말?"

"그러엄! 나 한 번도 말은 안 했지만 너 혹시 알고 있니? 널 자랑스러워한다는걸."

어디서 많이 들어 본 듯한 대사. 10년쯤 전에 히트했던 대중가요의 가사였지만 말숙이가 그런 걸 기억할 리 없다. 가요나 팝송은 고사하고 제가 다니는 학교의 교가조차 끝까지 외워 본 적이 없는 아이였기 때문이다. 아니나 다를까. 말숙이는 갑자기 무진장 감동한 표정으로 노빈손의 머리를 싹싹 쓰다듬기 시작했다.

"오호호, 귀여운 것. 뭐 먹고 싶은 거 없니? 아니면 갖고 싶은 거나."

"어, 없어. 그냥 숨이나 좀 쉬게 해줘."

숨막히는 시간이 마침내 끝났다.

흐읍— 흐으읍—. 노빈손은 다시 맛본 신선한 공기를 배탈이 날 정도로 하염없이 들이마셨다.

"가고 싶은 데 있으면 말해 봐. 나 들어줄게.

말숙이가 난생 처음 보는 너그러운 얼굴로 말했다. 조금 전까지만 해도 쥐 잡는 고양이처럼 사납던 애가 순식간에 다정한 동료 새앙쥐로 탈바꿈을 한 것이다. 노빈손은 음료수를 홀짝거리며 모처럼 여유 있게 주위를 둘러보았다. 말숙이가 노빈손과 사귄 이후 처음으로 제 주머니에서 돈을 꺼내 직접 사준 역사적인 음료수였다.

어디로 가지? 죽 끓듯 하는 변덕이 도지기 전에 빨리 놀이기구 없는 곳으로 멀리 튀어야 할 텐데……. 한동안 두리번거리던 노빈손의 얼굴에 문득 환한 기색이 돌았다. 깜깜하던 수학 시험지에서 드디어 아는 문제를 하나 발견한 것 같은 흐뭇한 눈빛. 시간도 벌고 구경도 할 수 있는 안성맞춤의 장소가 눈에 쏙 들어왔던 것이다.

"말쑤가아―."

"왜애?"

"우리 쩌어기 갈래애?"

"어디이?"

어으, 닭살……. 지나가던 사람들이 기겁을 하며 팔을 벅벅 긁어댔다. 노빈손 역시 등이 스멀스멀 가려워지는 듯한 느낌이 들었지만 어쩔 수 없었다. 자꾸만 놀이기구 쪽을 곁눈질하는 말숙이를 붙잡아 두려면 닭살 아니라 온몸에 칠면조 살이 돋는 한이 있더라도 꾹 참고 비위를 맞춰야 했던 것이다.

노빈손이 가리킨 곳은 입구에 호랑이와 사자 얼굴이 큼지막하게 걸려 있는 〈사파리 월드〉였다. 무시무시한 맹수들 사이를 누비고 다니는 스릴 만점의 버스 투어. 녀석들이 버스 창문에 찰싹 달라붙어 으르렁거리는

닭살을 예방하려면

닭살은 피부가 건조한 사람에게 흔히 볼 수 있으며 특히 아토피성 피부염을 가진 사람에게 잘 생긴다. 닭살을 예방하려면 피부를 건조하지 않게 유지하는 것이 중요하다. 샤워를 자주하면 피부의 피지가 빠져 나가서 피부에서 수분 증발이 증가하므로 횟수를 줄이고 가능한 한 샤워나 목욕은 15분 이내로 짧게 하는 것이 좋다. 또 너무 자주 때를 밀지 않아야 한다. 우리가 흔히 때라고 부르는 각질층은 세균이나 외부 자극으로부터 피부를 보호해 주는 역할을 하고 피부에서 수분을 공급하고 손실을 방지하는 기능을 하기 때문이다.

모습을 보면 찌는 듯한 한낮의 무더위도 잠시 잊을 수 있을 것 같았다.

"그러엄, 가야지. 우리 빈손이가 가고 싶다는데. 호호호."

말숙이가 간드러지게 웃으며 척하고 팔짱을 끼었다. 질질 끌려가다시피 말숙이를 따라가면서 노빈손은 계속해서 콧잔등에 침을 묻혔다. 우람한 말숙이의 팔에 끼여 있는 제 앙상한 팔이 자꾸만 저려 온 까닭이었다.

"와, 요번에 오는 버스는 탈 수 있겠다."

노빈손이 승강장 앞쪽으로 걸어나가며 설레는 표정으로 말했다. 줄을 서서 차례를 기다린 지 30여 분 만에 겨우 맨 앞쪽으로 나오게 된 것이다. 주위에는 시골에서 단체로 놀러 온 듯한 아저씨와 아줌마들이 왁자지껄 수다를 떨고 있었다.

"이장님, 호랑이랑 사자랑 싸우면 언 놈이 이긴대유?"

"그야 당연히 힘센 놈이 이기겄쥬……."

어디선가 이상한 소리가 들려온 건 바로 그때였다.

아── 아아──

"오잉?"

"이게 뭔 소리다냐?"

사람들이 눈을 둥그렇게 뜨고 웅성거리기 시작했다. 좀 희미하긴 하지만 그건 분명히 사람의 비명소리였다. 게다가 분명히 〈사파리 월드〉 안쪽에서 들려오고 있었다. 맹수들이 우글거리는 곳에서 비명소리가 나다니? 이거 혹시?

어리둥절해하던 사람들의 얼굴빛이 차츰 불안하게 변하는 순간,

아아아── 아아아아아──

조금 전보다 한층 더 크고 또렷한 소리. 갑자기 한 아줌마가 으악 하며 고래고래 소릴 질러대기 시작했다.

"워메! 사람이 물렸는가벼!!"

그러자 기다리기라도 했다는 듯 곳곳에서 사람들의 아우성이 터져 나왔다.

"우야꼬. 사람이 호랭이한테 물렸다아―."

"에구, 으쩔거나. 뼈도 못 추릴틴디……."

"엄니― 무서워유. 나 버스 안 탈래유."

"얼레! 직원들 시방 뭐한다요? 빨랑 곶감이라도 들고 가서 호랑이를 쫓지 않구설랑."

"여러분! 여러부운―."

승강장에 서 있던 여직원이 황급히 손을 내저으며 말했다.

"다들 진정하세요. 그럴 리가 없습니다. 여기는 문이 몇 겹으로 막혀 있기 때문에 절대 사람이 들어갈 수 없어요. 에버랜드에서 가장 안전한 곳입니다. 그러니까……."

"그럼 대관절 저 소리는 뭔 소리다요?"

"웬 미친 눔이 버스에서 뛰어내렸는갑다."

"아녀. 버스 밑바닥에 매달려서 들어갔을껴. 영화 보문 쥔공들이 꼭 그러더라니께."

"난리가 단단히 난겨. 그러니까 버스가 여태 안 나오지."

호랑이의 울음소리에 으스스해지는 이유

호랑이는 울음소리만으로 상대를 마비시킬 수 있다는 연구 결과가 나왔다. 호랑이의 으르렁거리는 소리를 분석한 결과 사람이 들을 수 있는 주파수 대역인 20Hz~20,000Hz의 소리와 함께 18Hz 이하의 초저주파도 있음을 알게 됐다. 소리는 주파수가 낮을수록 더 멀리 전파된다. 그래서 호랑이의 울음소리는 멀리 떨어진 숲에서도 들을 수 있다. 호랑이 울음소리를 들으면 몸이 들썩이며 얼어붙는 듯한 느낌을 갖는 이유는 바로 온몸을 울릴 정도로 커다란 소리와 바로 이런 초저주파 때문인 것으로 추정하고 있다.

사람들의 동요는 좀처럼 가라앉지 않았다. 바로 그때, 정체불명의 비명이 다시 한 번 또렷이 들려왔다.

아아아— 아아아아아—. 여운을 남기며 길게 퍼져나가는 야릇한 소리.

가만! 이 소리는? 갑자기 노빈손의 귀가 토끼처럼 쫑긋 곤두섰다. 비명이 왠지 귀에 익은 듯한 느낌이 들었던 것이다. 말숙이 역시 비슷한 생각이 들었는지 눈을 둥그렇게 뜨고 노빈손을 돌아보았다.

기억나라, 기억나라, 기억 좀 나라……. 그리고 잠시 후,

"타잔!"

"타잔이다!!"

맙소사! 그건 비명소리가 아니라 타잔의 외침이었던 것이다.

노빈손의 기발한 변명

"여러분, 안심하십시오. 지금 막 버스에서 연락이 왔습니다."

한동안 분주하게 어딘가와 연락을 주고받던 여직원이 사람들에게 말했다.

"외국인 한 사람이 버스 안에서 갑자기 고래고래 소릴 질렀답니다. 워낙 목청이 커서 여기까지 들렸던 거구요."

"미친 눔! 지가 무슨 타잔이라도 되남? 그런 소릴 지르게."

"글쎄, 그분이……."

여직원이 빙긋 웃으며 말했다.

"처음엔 창문에 바짝 붙어서 동물들을 보면서 혼자 계속 뭐라고 중얼거렸대요. 그러더니 갑자기 그렇게 악을 쓰면서… 아! 저기 버스가 오네요."

끼익―. 버스가 승강장 앞에 멈췄다. 볼이 잔뜩 부은 타잔이 직원들에게 양팔이 붙들린 채 엉거주춤 승강장으로 내려왔다. 승객들이 하나같이 고개를 절레절레 흔들며 손가락으로 귀를 후벼대고 있었다.

"놔라, 이 자슥들아! 한 번 더 탈끼다."

"글쎄 이러시면 안 된다니깐요."

"니가 뭐꼬? 내가 더 타겠다는데. 여기 사장 좀 나오라캐라."

성난 표정으로 옥신각신하던 타잔이 문득 말을 멈췄다. 근심스러운 표정으로 다가오고 있는 노빈손과 말숙이를 뒤늦게 발견한 것이다. 노빈손은 타잔에게 눈을 찡긋한 뒤 공손한 표정으로 직원들에게 말을 건넸다. 이 소동을 수습하려면 아무래도 자기가 직접 나서야 할 것 같았다.

"저어, 죄송합니다. 제가 대신 사과드릴게요."

"학생은 누구죠?"

"이분의 안내를 맡은 관광 가이드입니다. 제가 잠시 한눈을 파는 바람에……"

"가이드?"

직원은 못 미더운 표정으로 노빈손을 쳐다보았다. 남의 나라 사투리까지 자유자재로 구사하는 외국인한테 가이드가 무슨 필요가 있느냐는 듯이. 노빈손은 어색하게 웃으며 슬그머니 타잔을 한쪽으로 잡아끌었다.

"대체 무슨 일이에요?"

"치타 찾을라꼬 안 그러나."

"무슨 치타를 그렇게 요란하게 찾냐구요."

"첨엔 사자랑 호랭이들한테 일일이 물었다 아이가. 혹시 아프리카에서 팔려 온 치타 소식 좀 아느냐꼬. 근데 이눔의 뻐스가 어떤 놈한테는 가까이 가고 또 어떤 놈은 그냥 휙 지나쳐 버리는기라. 그러니 우야노. 다 모아놓고 확인하는 수밖에."

"그래서 그렇게 소릴 지르신 거예요?"

"하모. 그거 한 방이면 지나가던 개미들까지 깡그리 모을 수 있다 아이가. 근데 저 문디 자슥들이 자꾸 입을 틀어막는 바람에……."

한숨을 내쉬던 타잔이 갑자기 다급한 표정을 지으며 말했다.

"내 정신 좀 봐라. 퍼뜩 버스 타야 한다. 아직 못 물어 본 동물들이 많다 아이가."

"알았어요. 저한테 맡기세요."

노빈손은 타잔을 데리고 다시 직원에게 다가갔다. 그리고는 고개를 꾸벅 숙이며 정중하게 말을 건넸다.

"이분은 아프리카의 유명한 성악가인 호세 가래라스입니다. 워낙 성실하신 분이라 하루에 두 번씩 꼭꼭 발성 연습을 하시거든요. 조금 전에도 연습하시느라고……."

가래라스? 무슨 성악가 목소리가 그 모양이야? 목이 팍 쉰 데다가 가래까지 그르렁거리던걸……. 황당한 표정을 짓는 직원에게 노빈손이 공손하게 말했다.

"이분 말씀이, 아까 버스 안에서 멋진 악상이 떠올랐답니다. '호랭이를 위

한 발라드’라는 곡인데, 한 번
더 둘러봐야 완성이 될 것 같다
는군요.”

아무래도 아닌 거 같은데. 직
원은 여전히 미심쩍은 눈빛이
었지만 노빈손이 워낙 공손하

수사자와 암호랑이 사이에서 태어난 동물, 라이거는 사자의 군집성과 호랑이의 용맹성을 이어받았다. 사자의 황금빛 바탕에 호랑이의 얼룩무늬, 그리고 머리는 사자를 닮았고 사나운 성격과 큰 몸집을 가졌다. 라이거는 사자와 호랑이가 사는 곳이 서로 다르기 때문에 야생에선 태어날 수 없는 동물이다. 사자와 호랑이는 염색체수가 38개로 같기 때문에 번식이 가능했으나 라이거는 번식 능력이 없다.

게 부탁하는데다가 타잔 역시 다소곳하게 나오자 결국은 고개를 끄덕였다.
그리고는 엄한 표정으로 당부를 늘어놓았다.

“대신 요번엔 조용히 해야 돼요. 또 그렇게 시끄럽게 굴면 아프리카 음악
협회 앞으로 이메일을 보낼 거요. 저 사람 당장 짤라 버리라고.”

“맘대로 하십쇼. 그럼……”

노빈손은 인사를 꾸벅 한 뒤에 타잔과 말숙이를 데리고 서둘러 버스에 올
랐다.

부르릉―. 버스가 말숙이 앉은 쪽으로 약간 기울어진 채 천천히 움직이기
시작했다.

버스를 가로막은 맹수들

“승객 여러분, 여기는 세계에서 유일하게 호랑이와 사자들이 한데 어울려
살고 있는 ‘와일드 사파리’입니다. 왼쪽에 보이는 사자는 세 살 된 암컷이
고… 오른쪽에 보이는 벵골 호랑이는 다섯 살배기 수컷이며… 저기 저 희끄

무례한 녀석은 사자 부친과 호랑이 모친 사이에서 태어난 '라이거'라는 별종입니다……."

창가에 맹수들이 나타날 때마다 운전기사의 간략한 안내방송이 이어졌다. 녀석들은 버스 유리창과 비슷한 높이의 널찍한 평상 위에 웅크린 채, 때로는 으르렁거리고 때로는 멀뚱거리며 사람들을 쳐다보았다. 나무 그늘 밑에서 늘어지게 낮잠을 자는 녀석들도 있었다.

"왁! 이 녀석 눈 좀 봐. 엄청 부리부리하네. 히히히……."

"우와아―. 저 놈은 꼭 덤벼들 거 같애. 꺄호―."

"뭘 봐, 짜샤! 당장 꼬랑지 못 내려?"

노빈손은 분주하게 양쪽 창가를 오가며 호들갑을 떨었다. 타잔 역시 한 마리라도 놓칠세라 끊임없이 왔다갔다하며 맹수들과 대화를 시도했다. 운전기사 바로 옆의 작은 창문을 제외하면 나머지는 전부 두꺼운 통유리로 되어 있기 때문에 의사소통을 하려면 최대한 크게 소리를 질러야 했다.

"냐빤모타치?"

"구따빠모… 따라아."

아빠가 사자고 엄마가 호랑이인 라이거와 반대로 숫호랑이와 암사자 사이에서두 새끼가 태어난다 그렇게 태어난 별종을 '타이곤'이라고 한다. 라이거는 사자(라이온)와 호랑이(타이거)를 합친 이름이고, 타이곤은 그 순서를 바꾼 것. 말과 당나귀 역시 결혼하면 새끼를 낳을 수 있는데, 당나귀 수컷과 말 암컷 사이에서 태어난 건 '노새'고, 숫말과 암당나귀 사이에서 태어난 건 '버새'다. 이처럼 서로 다른 종 사이에서 태어나는 2세를 '종간 잡종'이라고 한다.

말숙이는 먹지도 못할 동물들에겐 별 흥미가 없다는 듯 자리에 앉자마자 꾸벅꾸벅 졸기 시작했다. 고고는 소리가 차츰 커지더니 이젠 아예 이까지 요란하게 갈고 있었다. 가끔씩은 잇새에서 껄끄러운 금속성의 마찰음이 흘러나오기도 했다.

드르렁— 푸우—

빠드드득— 끼리릭—

나머지 승객들은 다들 몽롱한 표정들이었다. 노빈손의 고함과 알아듣지도 못할 타잔의 염불 소리, 게다가 말숙이의 코 고는 소리까지 입체 음향으로 꽝꽝 울려대는 통에 도무지 정신을 차릴 수가 없었던 것이다.

"아이구, 정신 사나워. 대관절 저 노새 같은 늠은 뭐하는 늠이여?"

"저 코쟁이 영감은 무당인가 봐. 서양에도 박수무당이 있는감?"

"저 요상한 샥시는 입에 철사를 물고 자는가 봐유."

승객들의 원성이 차츰 높아질 무렵, 타잔이 갑자기 끄응 하고 신음을 내뱉었다. 그리고는 때마침 창문 너머에 나타난 사자에게 심각한 표정으로 말했다.

"따게데안! 아모땅몽."

그러자 졸린 표정으로 평상 위에 앉아 있던 사자가 갑자기 땅으로 뛰어내리더니 부리나케 어디론가 달려갔다. 그리고 잠시 후, 엄청난 일이 벌어졌다. 곳곳에 흩어져 있던 호랑이와 사자 30여 마리가 약속이라도 한 듯 우르르 몰려들어 버스를 가로막아 버린 것이다. 승객들이 혼비백산한 얼굴로 와글와글 떠들어대기 시작했다.

"기사 양반, 시방 이게 뭔 일이다요?"

"요것들이 갑자기 왜 이런다냐. 오메, 큰일 나부렀네."

"그, 글쎄… 사파리 운전 5년 만에 이런 일은 처음이라서……."

운전기사가 당황한 표정으로 말끝을 흐렸다. 자기 역시 이게 무슨 영문인지 도무지 모르겠다는 얼굴이었다. 노빈손이 황당한 표정으로 타잔에게 물었다.

"대체 무슨 일을 꾸미신 거예요?"

"한 놈씩 묻다가는 끝이 없다 아이가. 그래서 다들 좀 모이라캤다."

타잔은 병사들을 사열하는 장군처럼 근엄한 표정으로 맹수들을 죽 훑어보았다. 그리고는 카랑카랑한 목소리로 녀석들에게 지시를 내렸다.

"니라나로우자!"

척척척―. 맹수들이 앞발을 하나씩 들어 질서정연하게 '좌우로 나란히'를 했다.

"노버로우!"

어흥― 어흥― 어흥―. 맹수들이 맨 왼쪽부터 한 마리씩 순서대로 짧게 짖었다.

"놈본타치 바러드리꼬!"

쏙! 쏙! 맹수들이 꼬랑지를 가랑이 사이로 신속하게 감추었다. 타잔의 눈동자가 안타까운 빛을 띠며 잠시 흔들리는 게 보였다. 여기에서도 치타의 소식은 전혀 들을 수가 없는 모양이었다.

"따나끈! 라져터흐시다!"

맹수들이 흩어지고 버스가 다시 출발했다. 우울한 표정으로 자리에 털썩 주저앉는 타잔의 모습을 승객들이 넋 나간 얼굴로 쳐다보고 있었다.

"왓! 곰이다."

한동안 잠잠하던 노빈손이 또다시 고함을 지르며 벌떡 일어섰다. 큼지막한 회색 곰 한 마리가 사람처럼 떡하니 두 발로 선 채 성큼성큼 버스로 다가

왔던 것이다. 불곰과 반달곰이 함께 살고 있는 이곳의 이름은 '베어 사파리'
였다.

"이 녀석은 노는 걸 엄청 좋아해서 이름도 날라리야입니다. 빙글빙글 돌면
서 춤을 추는 게 특기죠. 날라리야! 춤춰 봐."

운전기사의 말이 끝나자마자 날라리야가 앞발을 머리 위로 들어올린 채
빙그르르 육중한 몸을 돌렸다. 그리고는 운전기사가 창 밖으로 던져 주는 건
빵을 냉큼 받아먹었다.

우와─. 승객들이 탄성을 지르며 우르르 창가로 몰려들었다. 조금 전에
'와일드 사파리'에서 받은 충격에서 이제야 조금씩 벗어나는 모양이었다.

"워메! 곰이 어떻게 사람 말을 알아듣는다냐?"

"아따! 재주는 곰이 부리고 돈은 운전사가 번다는 말도 몰러?"

"와, 저기 한 놈 또 오네그려."

곰들은 계속해서 버스를 따라오며 재주를 부렸다. 놀기 좋아하는 '날라리
야', 약간 띨띨하게 생긴 '만득이', 성질깨나 부리게 생긴 '무대뽀' 등등 이
름들도 하나같이 별나고 우스웠다. 개중에는 창문 안으로 앞발을 들이밀어

말숙이 손바닥처럼 생긴 넓적
한 발바닥으로 운전기사와 하
이파이브를 하는 녀석들도 있
었다.

그러는 동안에도 타잔은 쉴
새없이 곰들에게 치타의 소식
을 물었다. 하지만 그때마다 녀

불곰의 정체

불곰은 북극곰과 더불어 지상 최대의 육식동물 중 하나에
속한다. 몸집은 크고 뚱뚱하게 생겼으며, 머리에서 코끝까지
는 약간 우묵하고 귀는 커다란 머리에 비해 작은 편이며 등의 선은
높은 어깨에서부터 완만한 경사를 이룬다. 목은 짧고 굵으며 꼬리
도 대단히 짧다. 네 다리에는 강한 발톱이 각각 다섯 개씩 있는데
약간 굽었다. 불곰의 털은 일반적으로 갈색이지만 개체나 지역에
따라 변이가 심하여 크림색, 계피색, 검은색 등 다양하다. 또한 털
끝이 회색인 녀석도 많다. 후각 쪽이 청각이나 시각보다 예민하다.

후각과 청각이 매우 발달하였으나 시각은 발달하지 못한 반달곰은 불곰이나 북극곰보다 몸집이 훨씬 작아서 날카로운 발톱을 이용하여 나무에 잘 오르며 바위 절벽도 잘 기어오른다. 곰은 나무 열매를 먹기 위해 나뭇가지를 앞발로 가슴 쪽으로 당겨 꺾는데 그 결과 나무 위에 선반 모양의 흔적이 남게 된다. 어린 곰의 경우는 그 위에서 쉬기도 하는데 이런 장소를 상사리라고 하며 이를 통해 반달곰의 서식 여부를 쉽게 확인할 수 있다.

석들은 하나같이 멍한 표정으로 고개를 저었고, 타잔의 얼굴엔 점점 더 깊은 근심이 쌓여 갔다. 말숙이는 여전히 입을 헤 벌린 채 곰처럼 씩씩거리며 자고 있었다.

말숙이와 물개의 공통점

버스에서 내린 타잔은 슬픈 표정을 지으며 사람들 속으로 사라졌다. 노빈손은 늙은 벗을 찾아 헤매는 그가 몹시 안쓰러웠지만 자기로서는 도움을 줄 방법이 없었다. 엄마가 단골로 드나드는 동네 점집에 가서 물어 볼까도 생각해 봤지만 이내 도리질을 치고 말았다. 식구들이 지금껏 그 점쟁이 할아버지에게 속은 걸 생각하면 그동안 냈던 복채를 곱빼기로 돌려받아도 시원치 않다는 생각이 들었던 것이다.

노빈손의 아버지는 횡재수가 있다는 점쟁이의 말을 믿고 복권을 매일 열댓 장씩 긁다가 하마터면 엄마한테 쫓겨날 뻔했다. 엄마는 시험 운이 있을 거라는 말을 믿고 운전면허 시험에 응시했다가 필기시험만 열 번이나 떨어진 채 운전학원에서 퇴학당했다. 제일 황당하고 원통한 건 노빈손이 예쁜 여자친구가 생길 거라는 점괘를 믿고 미팅에 나갔다가 덜컥 말숙이를 만난 것이었지만.

"인제 슬슬 저쪽으로 다시 가 볼까?"

말숙이가 하마처럼 찢어지게 하품을 하며 노빈손을 돌아보았다. 이크! 노빈손은 기겁을 하며 재빨리 눈알을 팽그르르 돌렸다. 떨어져 가는 약효를 다시 보충하려면 아까보다 훨씬 강력한 노래 가사를 생각해내야 하는 것이다.

"말숙!"

"얘 봐? 왜 갑자기 무게를 잡아?"

"미안해, 정말."

"뭐가?"

"지금껏… 그 흔한 옷 한 벌 못해 주고……."

"옷이라니?"

말숙이가 어리둥절한 표정으로 물었다. 노빈손은 무지무지하게 미안한 표정을 지으며 눈을 지긋이 감고 다음 구절을 읊었다.

"거치른 손 한번 잡아 주지 못했던 무심한 나를… 용서할 수 있겠니?"

"어머머, 어쩜……."

말숙이가 엄청 감동한 눈빛으로 노빈손을 그윽이 바라보았다. 내 살아생전에 노빈손에게 저런 말을 들을 줄이야라는 듯이.

호호호ㅡ. 노빈손은 내심 회심의 미소를 지으며 신파극의 주인공처럼 비장한 표정으로 마지막 결정타를 날렸다.

"미안해, 말숙."

오! 이 출렁이는 감동의 물결. 말숙이가 노빈손의 손을 으스러뜨릴 듯 덥석 움켜잡았다. 그리고는 솥뚜껑 같은 손으로 노빈손의 등을 토닥이기 시작했다. 퍽! 퍼억!

"괜찮아, 이 녀석아. 미안하긴 뭐가 미안해. 니 맘 다 알아……."

으윽! 등에 느껴지는 얼얼한 통증을 참으며 노빈손이 나직이 말했다.

"말숙! 우리 물개 쇼나 보러 갈까?"

물개 쇼가 열리는 공연장은 사람들로 대만원이었다. 무대 위엔 연극 세트 같은 멋진 세트가 마련되어 있었고, 무대 밑은 보기만 해도 시원한 넓은 풀장이었다. 날렵하게 무대 위를 누비는 영리한 물개들을 관객들이 흥미진진한 눈빛으로 주시하고 있었다.

"뭐라구? 테러범이 침입해서 시한폭탄을 장치했다구? 알았다, 오버."

사람과 물개가 함께 벌이는 폭탄 제거작전이 드디어 시작되었다. 물개들은 무대와 풀장을 오가며 갖가지 신기한 재주를 선보였고, 그때마다 객석에선 요란한 폭소와 박수가 끊임없이 터져 나왔다. 노빈손 역시 생전 처음 보는 물개들의 재주와 넉살에 완전히 넋을 빼앗긴 상태였다.

"우아, 저 녀석들 엄청 빠르네."

"푸하하, 녀석 박수치는 것 좀 봐."

"세상에나! 어떻게 물개가 글씨를 다 읽지? 천재다, 천재."

공연은 20여 분 만에 끝났다. 맹활약을 펼치며 폭탄 제거에 성공한 물개들은 우레 같은 박수를 받으며 무대 뒤로 퇴장했

물개의 잠수 실력

물개는 놀라운 잠수 능력을 가지고 있다. 보통 바닷속 800m 깊이까지 들어가지만 1,250m까지 깊이 잠수할 수 있다. 한번 잠수하면 2시간 정도, 물속으로 잠수하기 전에 폐를 완전히 비운 후 새로운 공기로 가득 채운다. 폐 외에 혈액과 근육 속에도 많은 산소를 저장한다. 일단 잠수한 후에는 심장이 평기 중에서보다 훨씬 느리게 뛰도록 해 산소의 소비량을 최소로 줄여 오랫동안 대기 밖으로 나오지 않고도 물속에서 생활할 수 있도록 되어 있다. 또한 깊은 바닷속의 수압을 견디기 위해 귀와 같이 수압에 예민한 기관들은 잠수할 때 팽창하는 특수한 혈관들로 보호되어 있다.

다.

이히! 부라보—. 휘파람을 삑삑 불며 박수를 보내는 노빈손의 뒷덜미를 말숙이가 씨름이라도 하듯 우악스럽게 잡아끌었다.

"가자!"

"어딜 가? 밑도 끝도 없이."

"수영하러 가자구."

"뭐? 돌았니? 저긴 사람 수영장이 아니라 물개 풀장이란 말야."

"누가 저기 간대? 〈캐리비안 베이〉에 가잔 말야."

"캐리비암베? 그게 뭔데?"

멍청하긴……. 말숙이가 한심하다는 듯 혀를 쯧쯧거리며 노빈손을 쳐다보았다.

"캐리비안 베이는 이 놀이공원 옆에 있는 야외 풀장 이름이야. 넌 무슨 애가 그런 것도 모르니?"

"…그래?"

노빈손은 아까 정문 옆에서 본 커다란 성벽을 그제야 기억해냈다. 외국의 성채처럼 멋지게 생긴 그곳이 설마하니 수영장이었을 줄이야. 어렸을 때부터 수영장 보내 달라고 조르면 늘 동네 목욕탕으로 데려다주던 구두쇠 엄마 때문에 어디에 무슨 수영장이 붙어 있는지 통 알 수가 없었던 것이다.

"근데 왜 갑자기 그리로 가자는 거야?"

"물개를 보니까 수영이 하고 싶어졌거든. 내가 원래 별명이 물개잖아. 남들이 그러는데 난 일단 물에만 들어가면 사람인지 물개인지 분간이 안 간대."

당연히 분간이 안 가지. 몸매가 물개랑 똑같은데……. 노빈손이 피식 웃다 말고 걱정스러운 얼굴로 말했다.

"하지만 난 수영 못 하는데."

"괜찮아. 구명조끼 입으면 돼."

"하지만 난 수영복도 없는데."

"괜찮아, 사면 돼."

"하지만 난 돈도 없는데."

"……."

시원시원하게 대답하던 말숙이는 이 대목에서 약간 머뭇거렸다. 그러더니 엄청 거룩한 희생이라도 하는 양 비장한 표정으로 말했다.

"내가… 빌려 줄게."

★ 빙빙 도는 원 운동 ★

〈환상특급〉이 360도 회전을 하면서 레일에 거꾸로 매달릴 때 열차와 승객들이 아래로 떨어지지 않는 이유는 뭘까? 중력을 차단하는 특수장치라도 있는 걸까? 아니면 레일 밑바닥에 열차를 꽉 붙드는 강력한 자석이? 혹시 그 장치들이 망가지면 우리는 꼼짝없이 중력에 의해 밑으로 곤두박질치는 게 아닐까?

하지만 걱정할 것 없다. 〈환상특급〉엔 그런 장치 같은 건 애시당초 없으니까. 여러분의 안전을 지켜주는 힘은 따로 있다. 짜릿한 공중 회전을 가능하게 하는 그 힘의 이름은 '원심력'과 '구심력'이다.

밖으로 달아나려는 원심력

가령 여러분들이 공을 끈에 묶어 빙글빙글 돌린다고 생각해 보자. 그러다가 손에 쥐고 있던 끈을 놓아 버리면 어떻게 될까? 공은 당연히 제가 회전하던 방향으로 휘리릭 날아가 버릴 것이다. 이처럼 '원 운동을 하는 물체가 바깥쪽으로 튕겨져 나가려는 힘'을 가리켜 원심력이라고 부른다.

〈독수리 요새〉나 〈비룡 열차〉를 타고 커브를 돌 때 여러분의 몸은 어느 쪽으로 기울어지는가? 만일 안쪽으로 기울어지는 사람이 있다면 그는 절대 지구인이 아니다. 지구 물리법칙의 적용을 받는 지구인이라면 당연히 몸이 바깥쪽으로 쏠리게 마련이다. 승용차나 버스를 타고 굽은 길을 돌 때 역시 마찬가지다. 그게 다 여차하면 바깥으로 튕겨져 나가려 하는 원심력 때문이다.

만일 세상에 원심력만 존재하고 그걸 막아 주는 힘이 없다면 아마 불편한 일이 엄청 많을 것이다. 휘어진 도로에서는 자동차들이 거북이처럼 엉금엉금 기어다녀야 하고, 놀이동산의 신나는 놀이기구들은 아예 탈 엄두도 내지 못할 테니까. 하지만 그런 걱정일랑 붙들어 매시라. 튕겨져 나가려는 여러분들을 꽉 붙들어 매는 또 다른 힘이 있으니까. 그 힘의 이름은 '구심력'이다.

구심력은 '원 운동을 하는 물체를 안쪽으로 끌어당기는 힘'이다. 즉, 원심력과는 정반대로 작용하는 힘이다. 공을 끈에 묶어 돌릴 때 그 끈을 잡고 있는 여러분 손아귀의 힘이 바로 구심력이 된다.

원심력은 엄밀히 말하면 실제로 존재하는 힘이 아니다. 공이 밖으로 튕겨져 나가려 하는 이유는 뭔가가 녀석을 떠밀어서가 아니라 가던 길을 계속 가려는 성질, 즉 관성 때문이다(관성에 대해서는 이미 〈아마존 어드벤처〉에서 자세히 배운 바 있다. 기억 나지?)

이와 달리 구심력은 실제로 존재하는 힘이다. 끈을 쥐고 있는 손아귀의 힘, 그리고 공을 끌어당기는 중력이 구심력의 근원이다. 원심력과 구심력의 힘 겨루기 결과에 따라 원 운동의 결과 역시 여러 가지로 다르게 나타난다.

공에 끈을 묶이서 돌릴 때 원심력과 구심력의 대결은 크게 세 가지로 나눌 수 있다. 두 힘이 똑같은 경우, 원심력이 더 강한 경우, 그리고 구심력이 더 강한 경우. 그 결과는 각각 다음과 같다.

(1) 원심력 = 구심력 : 튀어나가려는 힘과 당기는 힘이 똑같기 때문에 공은 이러지도 저러지도 못한 채 계속 빙글빙글 돌게 된다. 이와 똑같은 경우가 바로 지

구와 달의 관계. 달이 지구 주위를 뱅뱅 도는 건 지구가 당기는 중력(구심력)과 달이 달아나려는 관성(원심력)의 크기가 같기 때문이다.

(2) 원심력 〉구심력 : 끈이 끊어지거나 쥐고 있던 끈을 놓치면 구심력이 사라지고 원심력만 남기 때문에 공은 제가 돌던 방향으로 휙 날아가 버린다. 투포환 선수가 쇳덩어리를 끈에 묶어서 빙글빙글 돌리다가 확 놓아 버리는 장면을 생각하면 금방 이해가 될 것이다.

(3) 원심력 〈 구심력 : 공을 빙빙 돌리다가 멈추면 원심력이 줄어들기 때문에 팽팽하던 끈이 흐물흐물해지면서 공이 원 운동을 멈추고 밑으로 떨어져 버린다. 만일 지구와 달 사이에 이런 일이 생기면? 그야 뭐, 달이 지구로 떨어지면서 신나게 박치기를 하는 거지.

〈환상특급〉이 떨어지지 않는 이유

〈환상특급〉이 공중에서 회전을 하는 순간에도 원심력과 구심력은 동시에 작용한다. 〈환상특급〉에는 끈 같은 건 없지 않냐고? 물론 그런 건 없다. 거기에서 구심력 역할을 하는 건 끈이 아니라 중력이다.

그렇다면 열차가 공중에 거꾸로 매달린 순간에는 두 개의 힘 중 어느 쪽이 더 강할까? 원심력이 더 강하거나 아니면 최소한 똑같아야 한다. 바깥쪽으로 튀어나가려는 힘이 열차를 끌어당기는 힘보다 더 약하면 열차는 회전 도중에 뒤로 미끄러지거나 아래로 떨어져 버리게 된다.

그럼 어떻게 해야 원심력이 강해질까? 당연히 열차의 관성을 강하게 만들어야 한다. 즉, 열차가 달리는 힘을 최대한 높여야 한다. 바로 그런 이유 때문에 〈환상특급〉은 출발하자마자 공중회전을 하지 않고 한동안 달리다가 관성이 최고로 강해졌을 때 비로소 회전하게끔 설계되어 있다.

원심력과 구심력의 원리는 주변에서 쉽게 발견할 수 있다. 굴곡이 심한 도로를 보면 바깥쪽이 안쪽보다 약간 높게 만들어져 있는데, 이는 회전 순간의 원심력에 의해 자동차가 넘어지는 것을 방지하기 위함이다. 사이클 경기장의 트랙이 비스듬하게 기울어져 있는 것 역시 마찬가지 이유다.

쇼트트랙 경기를 보면 선수들이 코너를 돌 때 몸을 안쪽으로 쓰러질 듯 심하게 기울인다. 그래야 원심력을 줄이고 구심력을 키워서 몸의 균형과 속도를 유지할 수 있기 때문이다. 자전거를 타고 커브를 돌 때 균형을 유지하려면 몸을 안쪽으로 약간 기울여야 한다는 것쯤은 여러분도 다들 알고 있을 것이다.

대야에 물을 넣고 막대기로 원을 그리며 휘저으면 바깥쪽으로 물이 쏠리면서 가운데가 움푹 파이게 된다. 세탁기로 세탁이나 탈수를 한 다음 속을 들여다보면 빨래들이 전부 바깥쪽으로 몰린 채 벽에 달라붙어 있는 걸 볼 수 있다. 물을 담은 양동이의 손잡이를 잡고 빙글빙글 돌리면 양동이가 거꾸로 뒤집혔을 때에도 물이 전혀 쏟아지지 않는다. 이 모두가 원 운동 과정에서 발생하는 원심력에 의한 현상들이다.

5

말숙이의 엽기 패션 2

"우와, 여긴 풀장이 아니라 완전히 해수욕장이네?"

노빈손은 눈을 동그랗게 뜨고 주위를 둘러보며 연신 탄성을 내뱉었다. 캐리비안 베이의 내부 풍경이 밖에서 생각했던 것과 너무도 딴판이었기 때문이다. 당장이라도 애꾸눈 선장이 튀어나올 듯한 근사한 해적선, 바닷가처럼 파도가 일렁이는 파도풀, 외국의 해변을 통째로 옮겨온 듯한 무성한 야자나무……. 기껏해야 천장 없는 목욕탕 수준일 거라던 애초의 예상을 깡그리 무너뜨리는 환상적인 풍경이었다.

"뭘 그렇게 두리번거리니? 시골뜨기처럼."

말숙이의 걸쭉한 목소리가 뒤쪽에서 들려왔다. 아까 매장에서 수영복을 고르느라 30분이 넘게 꾸물거리더니 이제야 옷을 갈아입고 나온 모양이었다. 기다리기가 지루해서 먼저 탈의실로 내려갔던 노빈손은 은근히 불안한 마음이 들었다. 대체 이번엔 또 얼마나 엽기적인 패션으로 무장했을까. 무지개색 비키니? 살색 원피스? 아니면… 세모시 옥색 랩스커트에 금박 물린 어깨끈?

"윽!"

노빈손의 입에서 경악에 찬 신음이 터져 나왔다. 말숙이가 난생 처음 보는 물고기 무늬 수영복을 입고 나타난 것이다. 그것도 금방 터질 듯 꽉 죄는 작은 사이즈를. 유선형의 날씬한 모습으로 디자인되어 있던 물고기들이 주인을 잘못 만난 탓에 죄다 펑퍼짐하게 옆으로 퍼져 있었다.

그 많은 무늬들을 다 놔두고 하필이면 생선무늬라니……. 황당한 얼굴로 서 있는 노빈손에게 말숙이가 호호거리며 말했다.

"어때? 멋있지? 강물을 거슬러 오르는 날렵한 연어 떼 같지 않니?"

연어라구? 내가 보기엔 꼭 쥐포 같은데? 어이없는 표정으로 웅얼거리는 노빈손. 그의 마음을 대신 표현해 준 건 마침 옆에 있던 어느 꼬맹이의 가족이었다.

"엄마, 저 아줌마 궁둥이에 있는 건 무슨 물고기야?"

"응, 저건 넙치야. 넓적하게 옆으로 퍼졌잖아."

"아냐, 여보. 넙치도 저것보다는 가늘어. 내가 보기엔 가오리 같은데?"

"당신도 참. 저게 어떻게 가오리예요? 꼬리가 없는데."

"그러네. 그럼 뭐지? 배가 볼록한 걸로 봐서 복어 같기도 하고."

쥐포

1970년대 후반기에 들어 남해안 일대에 말쥐치가 대량으로 잡히자 물고기 가격이 폭락하게 되었다. 그래서 가공업자들이 이 말쥐치를 가공하기 시작했는데 이것이 쥐포이다. 쥐치는 원래 몸이 납작하므로 껍질을 벗겨서 포를 뜨기가 수월한데, 이것을 직경 10~12㎝ 크기의 둥근 모양이 되게 포개서 조미를 하여 말린 것이 쥐포이며, 통영에서 삼천포에 이르는 해안 일대에 한때 쥐포 공장이 즐비했었다. 마른 오징어와 더불어 버스나 여객선 등에서 여행 중에 즐길 수 있는 기호식품으로 널리 애용되었으나 1980년대 후반부터 쥐치 자원의 고갈로 중단되었다.

“엄마, 저거 혹시 쥐포 아냐?”

“아! 맞다. 쥐포다, 쥐포. 호호, 우리 봉달이 엄청 똑똑하네?”

으으—. 말숙이의 몸이 진동하는 휴대폰처럼 부르르 떨렸다. 수영복 위의 생선들이 연탄불 위의 쥐포처럼 이리저리 꿈틀거리기 시작했다. 한동안 잠잠하던 주먹에서 또다시 우두두둑 소리가 들려오고 있었다.

이크! 피해야겠다……. 노빈손이 재빨리 몸을 날려 파도풀 속으로 허겁지겁 뛰어들었다.

노빈손, 파도에 휩쓸리다

“대체 왜 자꾸 나가라는 거야?”

“말했잖아. 파도풀은 니가 놀 데가 아니라구. 너처럼 수영도 못하고 겁도 많은 애들은 유아풀이나 키디풀로 가야 돼. 거기가 딱 니 수준이란 말야.”

“이게 진짜…….”

노빈손의 얼굴이 홍당무처럼 빨갛게 달아올랐다. 사나이 자존심을 짓밟아도 유분수지, 어떻게 스무 살 먹은 대장부한테 유아풀로 가라는 말을 할 수 있단 말인가. 그것도 대대로 바다를 누비며 살아온 노씨 가문의 후예한테. 임진왜란 때 충무공 곁에서 거북선 노를 저으며 맹활약했던 조상님이 들으면 그야말로 땅을 치며 통곡할 일이었다.

“뭘 그렇게 째려봐? 그럼 니가 겁쟁이가 아니란 말야?”

“당근이지. 내가 겨우 이까짓 파도를 무서워할 사람으로 보여?”

"좋아, 그럼……."

말숙이가 파도풀 맨 안쪽의 높다란 벽을 가리키며 말했다.

"너 혼자 저 끝까지 갔다오면 인정해 줄게."

"끄, 끝까지?"

"그래. 무서워서 못 가겠지?"

노빈손은 비장한 표정으로 파도풀을 바라보았다. 해변에서 벽까지의 거리는 약 100m. 작은 파도가 넘실대며 밀려오고 있었지만 그다지 겁먹을 정도는 아니었다.

흥! 이쯤이야……. 씩씩하게 물속으로 걸음을 옮기는 노빈손의 등 뒤에서 말숙이가 자꾸만 음침한 미소를 흘리고 있었다.

"어푸 어푸."

노빈손은 목을 길게 빼고 헉헉거리며 앞으로 나아갔다. 물은 별로 깊지 않았지만 문제는 파도였다. 개헤엄도 못 치는 노빈손이 풀장 끝까지 가는 유일한 방법은 걸어가는 것이었고, 그러려면 출렁거리는 파도를 정면으로 거슬러 올라가는 수밖에 없었던 것이다. 파도가 밀려올 때마다 눈코입으로 물이 스며들어 죽을 맛이었지만 고지가 바로 코앞인데 예서 멈출 수는 없는 일이었다. 5m, 4m, 3m… 그리고 잠시 후,

"휴, 겨우 다 왔네."

드디어 벽 앞에 도착한 노빈손이 의기양양하게 고개를 돌렸다. 저만치 뒤에서 말숙이가 한강 다리의 기둥처럼 우뚝 버티고 선 채 시계를 들여다보고 있었다.

이 역사적인 순간에 웬 시계? 기록이라도 재려고 그러나? 노빈손은 의아한 표정을 지으며 덩달아 제 손목시계를 들여다보았다. 10초 전 4시였다.

째깍째깍. 9초 전, 8초 전, 7초 전… 3초 전.

말숙이가 갑자기 고개를 번쩍 들었다. 그리고는 씨익 웃으며 노빈손을 향해 천천히 손을 흔들었다.

잘 가……. 히죽거리는 입술 사이로 한줄기 광선이 불길하게 빛나는 순간,

콰쾅!!

대포 소리 같은 육중한 굉음이 물결을 뒤흔들었다. 이어서 집채 같은 파도가 무시무시한 기세로 노빈손을 덮치기 시작했다. 높이가 자그마치 2~3m에 이르는, 조금 전과는 비교도 할 수 없는 엄청난 파도였다.

콰르르르—

"으아앗!!"

거대한 물살이 노빈손을 휘감았다. 가랑잎처럼 파도에 휩쓸린 몸뚱이가 공중으로 붕 떠올랐다가 거꾸로 곤두박질을 쳤다.

으읍! 꼬르르륵—. 졸지에 수중발레 선수가 된 노빈손이 뒤집힌 물방개처럼 팔다리를 버둥거리는 사이, 그를 삼킨 파도는 어느새 해일처럼 맹렬한 기세로 해변을 향해 밀려가고 있었다.

어푸푸—. 간신히 거품을 뚫고 솟아오른 노빈손이 미처 정신을 차리기도 전에 두 번째 파도가 허연 이빨을 드러내며 밀

캐리비안 베이의 물은 어떻게 관리하나?
캐리비안 베이의 총 담수량은 1만 2,750t이다. 우리나라 1인당 하루 물 소비량이 395ℓ이므로 한 사람이 88년 동안 쓸 수 있는 양이며 물을 채우는 데만 꼬박 일주일이 걸린다. 물의 정화는 우선 고도의 여과장치를 통해 물 위에 떠 있는 각종 쓰레기를 제거하고 세균이나 박테리아 등 유기물질을 분해시킨 뒤 적정 산성도를 맞춘 후 염소를 이용해 살균, 소독한다.

려왔다. 반듯한 일자 모양이던 첫 파도와는 달리 이번 파도는 희한하게도 비스듬한 사선형이었다.

콰르르르— 처얼썩! 노빈손의 몸이 또다시 거품 속으로 흔적도 없이 사라져 버렸다.

"사람 살려어—."

바다 한가운데서 폭풍우에 휘말린 듯한 아찔한 공포. 노빈손은 말숙이가 조금 전에 시계를 들여다본 이유를 그제야 깨달았다. 시간대에 따라 파도의 높이가 달라진다는 걸 미리 알고 일부러 큰 파도가 치는 시간에 맞춰서 자기를 보낸 게 분명했다. 그런 줄도 모르고 덜컥 물에 들어왔다가 졸지에 해일 만난 멸치 신세가 되고 만 것이다.

"으으—. 요 천하의 불여우 같으니라구."

하지만 투덜거릴 틈조차 없었다. 거의 1분 간격으로 새로운 파도가 잇달아 몰려왔기 때문이다. 노빈손은 황급히 몸을 돌려 해변을 향한 필사의 탈출을 시도했지만 맨 땅도 아닌 물속에서의 뜀박질이 파도의 속도를 앞지를 수는 없었다. 지나간 파도의 여운이 채 가라앉기도 전에 다시 밀려오는 파도는 번번이 노빈손을 물속으로 가라앉혔고, 그때마다 노빈손은 물 먹는 하마처럼 꼼짝없이 맹물을 삼켜야 했다.

콰르르르— 처얼썩— 쏴아아아—

해변이 가까워질수록 파도가 점점 더 가팔라졌다. 그리고 노빈손이 들이키는 물의 양도 점점 더 많아졌다.

꼴깍꼴깍—. 출렁거리는 물결 속에서 맥주병처럼 오르락내리락하는 노빈손의 배가 올챙이마냥 볼록하게 부풀어 있었다.

"놔! 이제 너랑은 말도 안 할 거야."

"호호, 뭐 그런 사소한 일을 가지고 삐치고 그러니? 쫀쫀하게."

사소하다구? 내 배가 니 배보다도 더 뽈록하게 튀어나왔는데? 멀쩡한 사람을 텔레토비로 만들어놓고 기껏 한다는 말이 쫀쫀이라니……. 노빈손은 남산처럼 부풀어 오른 배를 뾰로통한 얼굴로 내려다보았다. 발 끝이 안 보일 정도로 볼록해진 그 배가 다시 홀쭉해지려면 오줌을 최소한 한 드럼은 눠야 할 것 같았다.

"그러지 말고 화 풀어. 사과하는 의미에서 내가 사진 한 장 찍어 줄게."

"사진이라구?"

"그래. 난 꼭 널 찍고 싶단 말야."

"왜?"

"왜긴, 멋있으니까 그러지."

흠흠, 내가 좀 멋있긴 하지……. 꽉 닫혀 있던 노빈손의 입이 슬그머니 벌어졌다. 말숙이가 재빨리 입술에 침을 바른 다음 천연덕스럽게 말했다.

"내가 원래 너 같은 근육질을 좋아하잖아."

흠흠, 내가 좀 울퉁불퉁하긴 하지……. 노빈손은 은근히 이

캐리비안 베이의 명물, 인공 파도타기(서핑 라이더)

바다의 파도는 물 자체가 언덕을 이룬다. 파도를 타는 사람은 그 언덕을 타고 내려온다. 그러나 인공 파도의 경우 바닥 자체가 언덕이다. 그리고 이 언덕을 따라 아래에서 위로 10cm 정도의 물 층이 흐른다. 한 시간 동안 인공 파도타기 시설로 흘러드는 물의 양은 2,300여 t. 흐르는 속도는 초속 21m다. 바람의 경우 초속 17m 이상이면 태풍으로 분류된다고 하니 엄청난 빠르기이다. 파도타기 시설 뒤편에는 강력한 펌프가 3대 있는데 물을 끌어올려 길고 가는 관으로 내보내는 이 펌프가 강력한 물살의 비결이다.

두박근에 힘을 주면서 앙상한 팔뚝을 이리저리 비틀었다. 덩달아 힘이 들어
간 표주박 같은 배에서 꿀렁꿀렁 물소리가 들려오고 있었다.

"여기?"

"아니, 좀 더 뒤로."

노빈손은 말숙이가 가리키는 곳을 향해 주춤주춤 뒤로 물러섰다. 촬영 장
소로 선택된 곳은 파도풀 바로 맞은편의 어드벤처풀. 나무로 된 멋진 망루와
물레방아가 있고 망루 꼭대기엔 거대한 해골바가지가 매달려 있는 근사한
곳이었다.

"옳지, 거기 서 봐."

말숙이는 해골바가지 바로 밑에 노빈손을 세웠다. 그리고는 카메라 파인
더를 들여다보며 온갖 주문을 잔소리처럼 늘어놓기 시작했다.

"좀 웃어 봐."

히죽—

"더 활짝."

헤벌레—

"눈 좀 크게 뜨고."

부리부리—

"너무 커, 약간 작게."

쳇, 사진 한 장 찍으면서 무
슨 뜸을 그렇게 들이는 거야?
그냥 대충 찍을 것이지…… 노

해골바가지와 노빈손을 동시에 찍으려면?
노빈손이 해골바가지에서 쏟아지는 물벼락 맞는 모습을 찍
었다고 하자. 인화 후 사진을 보면 배경은 화면 가득한데
노빈손이 너무 작게 나올 것이다. 이 경우 노빈손을 카메라에 좀더
가까이 다가서게 한 후 적당히 구도를 잡고 찍으면 해골바가지와
노빈손을 동시에 사진에 담을 수 있다. 이 방법을 이용해서 친구를
내 손바닥 위에 올려 보자. 재밌는 사진을 연출할 수 있다. 이 사진
촬영의 포인트는 배경과 거리를 두어 앞에 서는 것이다.

빈손은 은근히 짜증이 나는 걸 참으며 다시 눈의 힘을 풀었다. 흐리멍덩―.
어디선가 뱃고동 소리가 길게 들려온 건 바로 그때였다.

뚜우― 뚜우뚜우―

이게 무슨 소리지? 어리둥절한 표정으로 주위를 두리번거리던 노빈손은
문득 머리 위에서 뭔가 불빛이 깜박거리는 걸 느꼈다. 어렵쇼? 이게 뭐야?
해골에 조명이라도 달렸나? 무심코 고개를 들고 위쪽을 올려다보는 순간,

콸콸콸콸— 쏴아아—

"어어르르르—."

터져 나오던 비명이 만득이에게 오줌 세례를 당한 귀신처럼 중간에 뚝 끊겼다. 해골바가지가 앞으로 기울어지면서 폭포처럼 거대한 물벼락이 노빈손을 덮쳤던 것이다. 그것도 하필이면 입을 반쯤 벌리고 고개를 위로 쳐든 상태에서. 황급히 머리를 감싸며 고개를 숙였지만 이미 엄청난 양의 물이 코와 입을 거쳐 한꺼번에 목구멍으로 넘어간 뒤였다.

"캑캑— 끄르륵— 에취!!"

노빈손은 눈물 콧물이 범벅이 된 얼굴로 연신 재채기를 해댔다. 물벼락이 그치고 해골바가지가 원래의 모습으로 되돌아간 뒤에도 노빈손의 입에서는 멀건 물이 계속해서 하염없이 뿜어져 나왔다. 쏴아악— 주루룩— 쫄쫄쫄쫄—.

말숙이가 통쾌한 듯 웃으며 열심히 카메라 셔터를 눌러대고 있었다.

공포의 워터 봅슬레이

"흑흑, 제발 좀 봐줘. 난 저런 거 못 탄단 말야."

"빨리 못 올라가? 타겠다고 약속할 때는 언제고 이제 와서 발뺌이야?"

"으으… 제발."

노빈손은 하얗게 질린 얼굴로 통사정을 해댔다. 물이 싫으면 잠깐 미끄럼틀이나 타자는 말숙이의 말에 옳다꾸나 하고 동의한 게 치명적인 실수였다.

말숙이가 말한 미끄럼틀은 동네 놀이터의 그것과는 달리 높이가 자그마치 10층 건물과 맞먹는 무시무시한 〈워터 봅슬레이〉였던 것이다.

"야! 너 진짜 너무한다. 평생 먹을 물을 한꺼번에 먹이고도 모자라서 이젠 이런 식으로 사람을 속여?"

"애 좀 봐. 속이긴 누가 속였다고 그래? 정 억울하면 물을 막고 사람들한 테 물어 봐. 저게 미끄럼틀인지 아닌지."

"……."

말문이 막힌 노빈손은 결국 비장의 카드를 꺼냈다. 이런 상황에 대비하여 거울 앞에서 하루 세 번씩 꼬박꼬박 연습해 둔 슬픈 표정을 지었던 것이다.

실룩실룩… 울먹울먹……. 저승사자조차 눈물을 뚝뚝 흘리며 되돌아갈 것 같은 불쌍한 얼굴. 하지만 우리의 폭군 말숙이는 역시 저승사자보다 한 수 위였다.

"왜 그렇게 실룩거려? 얼굴 가렵니? 긁어 주랴?"

으으으. 이 잔인무도한 염라대왕 같으니라구……. 노빈손은 고개를 설레 설레 저으며 땅이 꺼져라 한숨을 내쉬었다. 하지만 땅은 조금도 꺼지지 않았 고 미끄럼틀 역시 전혀 무너질 기미가 보이지 않았다. 꿀렁거 리는 배를 두 손으로 받쳐들고 뒤뚱뒤뚱 출발대로 올라가는 노빈손의 얼굴이 조금 전보다 훨씬 더 처량하게 일그러지고 있었다.

워터 봅슬레이를 탈 때 몸이 붕 뜨는 기분은 왜일까?
완만한 경사면을 내려오다가 갑자기 급한 경사면을 만나면 순간적으로 속도가 빨리 증가한다. 즉 가속도가 커지기 때 문에 워터 봅슬레이를 타던 사람은 관성력을 느껴 몸이 공중에 붕 뜨는 듯하다. 워터 봅슬레이를 탈 때 안전요원이 손은 가슴을 앉듯 모으고 다리는 꼬라고 하는 이유는 손이나 다리를 모으고 있지 않 으면 빠른 속도로 내려오다가 봅슬레이 옆면에 부딪혀 다칠 수도 있어서이기도 하고 몸을 유선형으로 만들어야 좀 더 빠른 속도로 내려와 스릴을 느낄 수 있기 때문이다.

“누워서 팔 모으고 다리 포개세요.”

안전요원의 출발 신호가 떨어졌다. 하지만 노빈손은 선뜻 드러눕지 못하고 엉거주춤한 자세로 쪼그린 채 바들바들 몸을 떨었다. 물이 찰찰 흐르는 원통형의 터널 입구가 마치 저승 입구처럼 으스스하게 느껴졌던 것이다. 바깥이 훤히 보여도 간이 오그라들 판인데 하물며 아무것도 보이지 않는 컴컴한 동굴이라니.

“거기 배 불룩하신 분! 어서 출발하세요.”

뒤에서 차례를 기다리는 사람들과 밑에서 구경하는 사람들의 시선이 일제히 노빈손의 항아리 같은 배에 꽂혔다.

에구구, 이게 웬 집안 망신이냐……. 주춤주춤 출발점으로 다가간 노빈손이 비스듬히 몸을 눕히는 순간, 갑자기 누군가의 억센 손이 노빈손의 머리를 움켜쥐더니 다짜고짜 앞으로 확 밀어 버렸다. 말숙이였다.

스스슷—

“엄마야—.”

비명과 함께 노빈손의 몸이 터널 속으로 사라졌다. 겁에 질려 눈을 질끈 감았던 노빈손은 생각보다 속도가 빠르지 않다는 사실에 안도하며 살며시 눈을 떠 보았다. 5m… 10m… 20m… 터널 지붕이 사라지고 파란 하늘이 다시 드러나는 순간,

워터 봅슬레이에 작용하는 힘, 마찰력1
마찰력은 물체가 서로 접촉하여 운동할 때 그 접촉면 사이에 작용한다. 각 물체는 서로 닿는 물체의 표면에 평행하게, 운동 방향과 반대 방향으로 마찰력이 작용한다. 마찰력에는 여러 종류가 있지만 모든 마찰력은 물체의 운동을 방해하도록 작용한다. 예를 들어 길 위에 리어카를 밀 때 미는 힘이 작으면 리어카는 움직이지 않을 것이다. 이 경우 미는 힘과 같은 크기의 마찰력이 작용하기 때문이다.

둥실―

"으아앗!"

갑자기 몸이 허공으로 붕 뜨는 듯한 아찔한 현기증이 느껴졌다. 수평으로 밋밋하게 뻗어 있던 미끄럼틀이 휙 꺾어지면서 60도에 가까운 가파른 급경사로 바뀐 것이다. 반듯하게 누워 있던 몸이 거의 수직으로 세워지며 총알처럼 빠른 속도로 밑으로 미끄러져 내려오기 시작했다.

슈우우웃―

"꺄아아악―."

노빈손은 눈을 질끈 감은 채 목놓아 비명을 질러댔다. 세상이 통째로 푹 꺼져 버린 듯한 무시무시한 공포가 온몸을 휘감았다. 바닥이라고는 아예 없는 까마득한 나락으로 한없이 추락하는 것 같은 느낌이었다. 겨우 몇 초에 불과한 짧은 낙하 시간이 노빈손에겐 씨앗이 고목나무가 되는 시간만큼이나 길고 아득하게 느껴졌다.

츠츠츠츳―

발 끝에서 하얗게 부서지던 물보라가 문득 잦아들었다. 영원할 것 같던 급경사가 드디어 끝난 것이다. 몸이 다시 누운 자세로 바뀌고 속도 역시 급속하게 줄어들었지만 노빈손은 좀처럼 눈을 뜨지 않았다. 하얗게 질린 얼굴로 마네킹처럼 뻣뻣하게 누워 있는 노빈손의 귀에 꿈결처럼 이런 소리가 들려왔다.

"쯧쯧, 기절한 모양이네."

"배가 너무 무거워서 가속도가 많이 붙은 모양이야."

"빨리 들어내자구. 저 우람한 아가씨 내려오기 전에. 부딪히면 최소한 중

상이야."

앗! 말숙이가 내려오나 보다……. 정신이 번쩍 든 노빈손이 기겁을 하며 강시처럼 벌떡 일어섰다. 비명을 지르며 다급하게 미끄럼틀 밖으로 피하는 노빈손을 안전요원들이 멍한 얼굴로 바라보고 있었다.

노빈손의 수난은 한 번으로 끝나지 않았다. 세 번에 걸쳐 경사가 급변하는 〈삼단 낙하형 봅슬레이〉, 처음부터 끝까지 컴컴한 터널인데다가 중간에 회전까지 하는 〈고속 동굴형 봅슬레이〉, 2인용 튜브를 타고 내려오는 꾸불꾸불한 〈튜브 라이더〉, 게다가 실내 풀장인 〈아쿠아틱 센터〉에 있는 어질어질한

〈퀵 라이더〉까지, 미끄럼틀이란 미끄럼틀은 죄다 타고서야 겨우 평화를 되찾을 수 있었던 것이다. 자지러질 듯한 비명을 어찌나 질러댔는지 이젠 목소리가 다 갈라질 지경이었다.

"헉헉, 이제 다 탄 거지?"

"아니."

"아니라니?"

"어떻게 한 번씩만 타고 마니? 종류별로 최소한 3번씩은 타야지. 그래야 본전을 뽑을 거 아냐."

허걱! 저 끔찍한 것들을 또? 난 못 타! 죽어도 못 탄다구……. 노빈손은 은장도를 뽑은 마님처럼 결연한 표정으로 말숙이를 바라보며 고개를 저었다. 말숙이의 강력한 무쇠 주먹도 이번만큼은 두렵지 않았다. 놀러 와서 미끄럼틀 타다가 쓰러질 바에야 차라리 맞아서 쓰러지는 게 훨씬 낫다는 생각이었다.

"어쭈, 지금 반항하는 거야?"

"응."

"맞을래?"

"응."

이게 진짜……. 말숙이는 사나운 표정으로 노빈손을 잠시 노려보더니 뜻밖에도 선선히 고개를 끄덕였다. 전에 없이 용감하게 기를 쓰고 반항하는 노

워터 봅슬레이에 작용하는 힘, 마찰력2
마찰력은 접촉 면적과 거의 관계가 없고 접촉하는 물질의 종류와 관계가 있다. 예를 들어 콘크리트와 고무 타이어 사이의 마찰력이 강철과 강철 사이의 마찰보다 크게 나타난다. 이 때문에 도로의 중앙분리대를 강철로 만드는 것보다 콘크리트로 만드는 것이 자동차를 세우는 데는 더욱 효과적이 된다. 콘크리트로 만든 중앙분리대는 아래쪽을 넓게 만들어 차체가 분리대와 스치기 전에 먼저 타이어의 옆 부분과 스치도록 되어 있다.

빈손이 약간 안쓰럽게 여겨진 모양이었다. 궁지에 몰린 생쥐를 놓아 주는 고양이의 너그러움이라고나 할까. 아니면 부리에 걸린 망둥이를 풀어 주는 황새의 자비로움이라고나 할까.

"좋아, 그럼 넌 잠깐 쉬어. 나 혼자 타고 올 테니까."

"저, 정말?"

노빈손은 제 귀를 의심한 나머지 말까지 더듬어 가며 되물었다. 단단히 각오를 하고 덤볐는데 의외로 일이 쉽게 풀리니 은근히 불안한 마음이 들었던 것이다. 또 무슨 꿍꿍이로 사람을 골리려고…….

하지만 말숙이의 표정은 여전히 부드러웠다.

"정말이라니까. 넌 속고만 살았니?"

응, 너한테는… 이라고 속으로 대답하는 노빈손.

"내가 언제 너한테 거짓말하든?"

응, 맨날… 이라고 역시 속으로 중얼거리는 노빈손.

"저기 들어가서 한 바퀴 돌고 있어. 그냥 튜브만 타고 있으면 돼."

말숙이가 가리킨 곳은 강물처럼 길고 구불구불한 〈유수풀〉이었다. 느릿느릿 흐르는 물 위에서 사람들이 편안한 자세로 둥둥 떠다니고 있었다. 혹시 저러다가 갑자기 분수가 치솟거나 죠스가 나타나는 거 아냐? 반신 반의하는 표정으로 쳐다보던 노빈손이 고개를 돌렸을 때는 말숙이가 이미 미끄럼틀을 향해 떠나고 난 다음이었다.

느리게 흐르는 강, 유수풀

튜브에 몸을 싣고 천천히 띠기는 유수풀은 어떻게 만든어진 걸까? 유수풀을 떠다니다 보면 바닥에 너비 1미터 정도의 구멍이 뚫린 철망을 볼 수 있다. 그 구멍을 통해 물은 철망 아래로 빨려 들어간다. 그러다가 펌프를 만나는데 이것은 물을 빠른 속도로 철망 근처에 있는 입구를 통해 다시 풀장으로 내보낸다. 이때 입구가 한 방향으로 향해 있어 물이 흐르는 것이다.

"에라, 모르겠다. 한번 타보지 뭐."

노빈손은 임자 없이 떠다니는 튜브를 발견하고 그 위에 가만히 몸을 실었다. 팔다리를 밖으로 내놓고 편안한 자세로 누우니 금세 온몸이 나른해지면서 졸음이 밀려왔다.

히야아, 이거 완전히 물침대가 따로 없네……. 비로소 마음을 놓은 노빈손의 눈꺼풀이 천근만근 무거워지고 있었다.

꿈속에서 만난 두 친구

노빈손은 망망대해 위에 혼자 떠 있었다. 파도는 잔잔했고 수평선에는 하얀 뭉게구름이 탐스럽게 걸려 있었다. 물새 한 마리가 은빛 바다 위를 맴돌다가 머리 위로 사뿐히 내려앉았다.

슈웃―. 갑자기 물속에서 말숙이가 불쑥 솟아올랐다. 그와 동시에 주위가 컴컴해지며 거대한 먹구름이 하늘을 뒤덮었다. 63빌딩보다도 더 높은 엄청난 파도가 무시무시한 기세로 밀려오기 시작했다.

파도에 휩쓸린 채 버둥거리던 노빈손은 때마침 타이어 하나가 둥둥 떠내려오는 걸 발견하고 젖먹던 힘을 다해 그 위로 올라탔다. 그러자 타이어가 갑자기 해적선으로 변하더니 〈콜럼버스 대탐험〉처럼 좌우로 휙휙 흔들리기 시작했다.

까악―. 비명을 지르며 울부짖는 사이에 배가 이번엔 독수리로 변했다. 머리는 노빈손을 닮고 얼굴은 말숙이를 닮은 사나운 대머리 독수리였다. 훨훨 날아가던 독수리는 잠시 후 제 둥지에 노빈손을 내려놓았다. 그러자 둥지가 느닷없이 〈독수리 요새〉로 변하더니 무서운 속도로 곤두박질을 치기 시작했다. 〈워터 봅슬레이〉의 미끄럼틀처럼 가파른 아찔한 급경사의 레일이었다.

"으아아— 사람 살려!!"

엉엉 울던 노빈손은 문득 어디선가 고약한 지린내가 풍겨오는 걸 느꼈다. 그리고는 자기가 축축한 요 위에 누워 있음을 그제서야 깨달았다. 요 위엔 김이 모락모락 나는 따끈따끈한 세계지도가 그려져 있었고, 머리 위엔 커다란 플래카드 하나가 걸려 있었다. 그리고 눈에 익은 말숙이의 글씨체로 큼지막하게 이런 문구가 적혀 있었다.

'오줌싸개 방'

"으으……"

노빈손은 오줌 눈 아이처럼 부르르 떨며 자리에서 벌떡 일어섰다. 바로 그때 어디선가 어흥 소리가 나더니 갑자기 맹수들이 떼로 몰려와 노빈손을 포위했다. 아까 라이온 사파리에서 보았던 바로 그 녀석들이었다.

으르릉—

크르르르—

녀석들은 당장이라도 잡아먹을 듯 눈을 부라리며 조금씩 포위망을 좁혀 왔다. 니가 뭔데 감히 남의 영토에 오줌을 누느냐는 듯이. 겁에 질린 노빈손이 머리를 싸매고 엎드리는 순간, 갑자기 지린내가 사라지고 은은한 꽃향기가 풍겨왔다. 그와 동시에 누군가의 경쾌한 발소리가 또각또각 들려오기 시작했다.

누구지? 땅이 안 흔들리는 걸로 봐서 말숙이는 절대 아닌데……. 조심스레 고개를 든 노빈손의 눈에 머리통이 네모난 두 아이의 얼굴이 보였다. 만화영화 주인공처럼 눈이 크고 코가 빨간 귀여운 아이들. 한 명은 남자고 또 한 명은 여자였다.

"너, 너희들은 누구지?"

"안녕? 난 킹코."

"난 콜비야."

주위는 어느새 화사한 〈장미 가든〉으로 바뀌어 있었다.

"그러니까 너희가 바로 에버랜드의 마스코트란 말이지?"

"응. 우린 에버랜드를 좋아하는 모든 사람들의 친구야. 그리고 그들을 지켜주는 수호천사이기도 하고."

"수호천사?"

"그래. 조금 전에도 네가 위험에 처한 거 같아서 구해 주러 온 거야."

"그럼 너희가 그 사나운 녀석들을 해치웠단 말야?"

"해치우긴? 그냥 타일러서 보냈지. 우리가 무슨 말숙이니? 주먹을 쓰게."

"동물들은 우리의 소중한 친구야. 우린 세상의 모든 동물들을 볼 수 있고 대화를 나눌 수도 있거든."

"그랬구나……."

노빈손은 그제야 안도의 한

에버랜드의 마스코트

이 책을 쓸 무렵에는 에버랜드를 대표하는 마스코트는 킹코(남자)와 콜비(여자)였다. 킹코와 콜비는 다양한 모습으로 변신할 수 있는 재주를 가졌다. 하지만 지금은 동물 모습으로 에버랜드의 마스코트가 바뀌었다. 아기 사자 라시언·라이라, 요리사 곰 베이글, 강아지 도리엘, 푸른 호랑이 티저스 총 5마리가 에버랜드의 마스코트다.

숨을 내쉬며 이마에 송글송글 맺힌 땀을 닦았다. 갑자기 세상이 휙휙 바뀌고 느닷없이 수호천사가 나타나고, 대체 지금 이게 꿈이야 생시야? 꿈속에서 별걸 다 고민하는 노빈손.

"이제 우린 가볼게. 또 다른 친구들을 만나야 하니까."

킹코와 콜비가 손을 흔들며 꽃밭 위로 유유히 날아올랐다. 하지만 노빈손은 인사할 생각도 하지 않고 혼자 멍하니 생각에 잠겨 있었다. 뭔가 꼭 해야 할 얘기를 빼놓은 듯한 미심쩍은 느낌이 들었던 것이다.

뭐지? 비누칠만 하고 헹구지를 않은 것 같은 이 찜찜한 느낌은? 분명히 더 물어 볼 게 있었던 것 같은데… 생각나라, 생각나라, 생각 좀 나라. 건망증이 없는 나라 우리나라 좋은 나라…….

노빈손의 눈이 조금씩 가늘어지는가 싶더니,

"잠깐만!!"

멈칫―. 킹코와 콜비가 허공에 정지한 채 빙글 몸을 돌렸다. 노빈손이 침을 꼴깍 삼킨 다음 조심스러운 목소리로 물었다.

"혹시… 아프리카에서 납치된 치타가 어디 있는지 아니?"

말숙이의 3대 비밀

"말숙아― 말숙아아―."

풀장이 다 떠내려갈 듯 고함을 질러대며 노빈손이 달려왔다. 이제 막 〈워터 봅슬레이〉를 끝내고 〈튜브 라이더〉로 가려던 말숙이의 눈이 신기하다는 듯 휘둥그레졌다. 우아! 저 굼벵이가 저렇게 빨리 뛸 때도 있다니…….

"헉헉— 말숙아."

"수영장에 불이라도 났니? 왜 그렇게 호들갑이야?"

"아, 알아냈어."

"뭘?"

"치타의 행방을 알아냈다구."

노빈손은 조금 전에 꾼 꿈 이야기를 횡설수설 늘어놓았다. 여차여차해서… 타이어가 해적선이 되고, 해적선이 독수리가 되고, 근데 고놈이 대머리고… 오줌을 쌌더니 호랑이가 화를 내고… 사각형 수호천사가 그러는데 자기들은 주먹질 안 하고 말로 한다고… 얘기를 듣는 말숙이의 얼굴이 점점 일그러지더니 나중엔 거의 육각형으로 변했다. 대체 얘가 지금 무슨 소릴 하고 있는 거야?

"그러니까, 킹콘지 킹콩인지 하는 애들이 그랬단 말이지? 치타가 거기 있다고."

"그렇다니까."

쯧쯧—. 말숙이가 손을 뻗어 노빈손의 이마를 짚었다. 괜히 미끄럼틀 태워서 멀쩡한 애를 망가뜨렸구나라는 듯이. 하지만 노빈손의 표정은 단호했다.

"못 믿겠지? 믿게 해줄까?"

"어떻게?"

사마귀

티눈은 피부가 오랫동안 자극이나 마찰을 받아 생기는 일종의 굳은 살이며, 사마귀는 인유두종이란 바이러스가 옮기는 전염병이다. 생긴 모양은 비슷하지만, 볼록하게 솟은 부분을 잘라 보면 티눈은 중심부에 투명한 원추 모양의 심이 하나 있는 데 반해, 사마귀는 작은 점처럼 보이는 뿌리가 무수하게 밑으로 뻗어 있다. 사마귀를 없애려면 더운 물에 사마귀 부분을 불린 뒤 면도날 등으로 사마귀를 잘라내고 티눈고를 바르면 된다. 그러나 2~3년 내에 대부분 자연히 없어지기 때문에 그대로 두는 것도 한 방법이다. 사마귀 예방을 위해선 항상 깨끗이 씻는 것이 중요하다.

“솔직히 말해 봐. 너…….”

노빈손이 눈을 게슴츠레하게 뜨며 물었다.

“왼쪽 궁둥이에 사마귀 있지?”

허걱! 말숙이의 푸짐한 얼굴이 사마귀처럼 핼쑥해졌다.

“그리고 오른쪽 궁둥이엔 흉터 있지? 어렸을 때 외갓집에서 소한테 받힌 흉터.”

으으으─. 말숙이의 갈래머리가 쇠뿔처럼 위로 솟구쳤다.

“킹코가 가르쳐 줬어. 혹시 니가 내 말을 안 믿으면 그 얘길 하라면서. 어때? 이래도 못 믿겠어?”

“그, 그 킹코라는 놈 설마…….”

말숙이가 떨리는 음성으로 물었다.

“남자는 아니겠지?”

“아니긴. 남자 맞아.”

철퍼덕─. 말숙이가 하얗게 질린 얼굴로 바닥에 힘없이 주저앉았다. 부모님 외에는 아무도 모르던 초특급 울트라 비밀을 얼굴도 모르는 사내녀석에게 들키다니. 게다가 그걸 저 촉새 같은 노빈손에게 발설하다니. 어쩌면 당장 오늘 저녁에 제 궁둥이의 비밀이 인터넷을 타고 전세계로 퍼질지도 모를 일이었다.

“이러고 있을 때가 아냐, 빨리 가서 타잔을 찾아야 돼.”

노빈손은 탈의실을 향해 급히 발길을 옮겼다. 풀죽은 표정으로 터덜터덜 따라가던 말숙이는 문득 중요한 비밀 하나가 아직 들통나지 않았음을 깨달았다. 궁둥이 한복판에 있는 파란 왕점. 오백 원짜리 동전 크기의 그 새파란

점은 '좌 사마귀', '우 흉터'와 더불어 말숙이 궁둥이의 '3대 비밀'이었던
것이다.

그래도 다행이지 뭐야, 그거까지 들통나 버렸으면 어쩔 뻔했어? 바보 같
은 노빈손. 지금쯤 내 모든 비밀을 알아냈다고 좋아하고 있겠지? 웃기지 마
라 이거야……. 염불 외듯 중얼거리는 말숙이를 앞서 가던 노빈손이 큰 소리
로 불렀다.

"점순아! 빨리 좀 와."

허거걱!!

말숙이의 얼굴이 궁둥이의 점처럼 새파래졌다.

미아를 찾습니다

"헉헉―. 대체 어디로 가버린 거지? 혹시 그새 가버린 거 아냐?"

벌써 1시간째였다. 땀을 뻘뻘 흘리며 매점과 화장실까지 쥐잡듯 뒤졌지만
타잔은 어디로 사라졌는지 그림자조차 보이질 않았다. 노빈손의 걱정대로
어쩌면 이미 에버랜드를 떠나
버렸을지도 모를 일이었다.

"야단 났네. 오늘 꼭 찾아야
되는데."

노빈손은 걱정스런 표정으로
시계를 들여다보았다. 어느새

꿈의 눈썰매장, 스노우버스터

국내 최대·최장의 눈썰매장, 스노우버스터. 에버랜드 페스
티발 월드의 맨 왼쪽에 위치한 스노우버스터. '버스터'는
난장판이란 뜻이다. 눈썰매의 종류로는 플레이트 끝에 달린 끈과
두 발로 방향과 속도를 조절하여 길이 520m의 스키 전용 코스를
내려오는 스키 썰매, 바닥이 넓어 안정감이 있는 플라스틱 바가지
형 썰매인 눈썰매, 일반 고무 튜브를 이용하여 울퉁불퉁한 눈밭 위
에서 파도를 타는 튜브 썰매 등이 있다.

시간은 여섯 시를 훌쩍 넘기고 있었고, 서쪽으로 뉘엿뉘엇 해가 내려가고 있었다. 저녁이 되어 주위가 어두워지면 타잔을 찾는 일은 그만큼 더 어려워질 게 분명했다.

"방송을 해보면 어떨까? 우리가 찾고 있다고. 나가지만 않았으면 타잔도 어디선가 그걸 들을 거 아냐."

"방송을 무슨 수로 해? 확성기도 없고 마이크도 없… 앗?"

시큰둥하게 대꾸하던 노빈손이 갑자기 눈을 번쩍 뜨며 소리를 질렀다. 확성기 없이도 방송을 할 수 있는 훌륭한 방법이 머리에 떠올랐던 것이다. 미아! 바로 그거야. 미아 보호소에 가서 방송을 부탁하면 돼. 그러면 에버랜드 구석구석까지 샅샅이 소리가 들릴 거 아냐. 으하하하─. 내가 왜 그 생각을 못했지?

노빈손은 감탄스런 표정으로 말숙이를 쳐다보았다. 저 튼튼한 머리에서 어떻게 그런 탁월한 아이디어가 나왔을까라는 듯이. 둘이 사귄 이래 지금껏 말숙이가 냈던 아이디어들은 하나같이 음식과 관련된 것들뿐이었던 것이다. 짜장면 불기 전에 빨리 먹는 방법, 뜨거운 국물 빨리 식히는 방법, 콜라 한 병을 단숨에 마시는 방법 등등.

"너 진짜 똑똑하다. 어디서 그런 생각이 나오니?"

"호호, 어디긴. 바로 여기지."

말숙이가 으쓱한 표정을 지으며 손가락으로 제 머리를 가리켰다. 아냐, 그럴 리 없어. 히프라면 또 몰라도……. 노빈손이 고개를 저으며 짓궂은 표정으로 물었다.

"혹시 점 아냐?"

“뭐, 뭐라구?”

이 짜식이……. 불끈 화를 내는 말숙이에게 노빈손이 대견스럽다는 듯 말했다.

“난 너의 그런 점이 아주 마음에 들어.”

크아아―. 말숙이가 헐크처럼 괴성을 지르며 손톱을 세우고 달려들었다. 허겁지겁 달아나던 노빈손이 간발의 차이로 아슬아슬하게 어딘가로 뛰어 들어갔다. 어린아이 얼굴 마크가 크게 그려져 있는 미아 보호소였다.

“아드님을 찾으세요?”

안내 직원이 두 사람을 위아래로 훑어보며 물었다. 뭐 이런 애송이 같은 학부형들이 다 있느냐는 듯이. 노빈손이 기겁을 하며 손사래를 쳐댔다.

“아, 아뇨.”

“그럼 따님?”

“아뇨.”

“아하! 그럼 쌍둥이를 찾으시는군요.”

이 아줌마가 진짜… 졸지에 애기 엄마가 되어 버린 말숙이가 은빛 이빨을 번쩍이며 성큼성큼 앞으로 다가섰다. 안내 직원이 겁에 질린 얼굴로 자라처럼 목을 잔뜩 움츠렸다.

이크! 사고치겠다… 노빈손이 황급히 말숙이를 붙잡으며

말했다.

"저희는… 할아버지를 찾는데요."

"할아버지요?"

"네."

미아 보호소에 와서 어른을 찾다니. 그것도 할아버지를……. 안내 직원이 황당한 표정으로 고개를 갸웃거렸다. 그리고는 메모지를 펼쳐 놓고 노빈손에게 몇 가지를 물었다. 잠시 후, 에버랜드 곳곳에 걸린 스피커에서 이런 방송이 또박또박 흘러나오기 시작했다.

"말죽거리에서 온 노빈손이 할아버지를 찾습니다. 집 나간 침팬지가 돌아왔으니 아무 걱정 말고 빨리 오시라고 합니다. 혹시 주변에서 얼룩덜룩한 가죽 빤쓰를 입고 경상도 사투리를 쓰는 노인을 발견하신 분은 분수대 옆 미아 보호소로 안내해 주시기 바랍니다. 다시 한 번 말씀드리겠습니다……."

30분 뒤, 사무실 문이 벌컥 열리며 누군가가 허겁지겁 안으로 뛰어 들어왔다. 타잔이었다.

"머라꼬? 치타가 탈출해서 정글에 가 있다꼬?"

"그렇다니깐요. 거기서 할아버지 오기만 기다리고 있대요."

"누가 그카드노?"

"킹코랑 콜비가요."

"그게 누꼬?"

"그러니까… 아까 꿈에서 만났던 애들인데……."

"꿈? 야가 시방 머라카노? 꿈에서 들은 애길 내보고 믿으라는 말이가?"

“글쎄 그게 보통 꿈이 아니라니깐요.”

“치아라 마! 믿을 게 따로 있지, 우예 얼라들 개꿈을 믿노?”

“아이 참, 그게 아니라니까…….”

노빈손은 답답한 표정으로 가슴을 쾅쾅 두드렸다. 타잔 역시 답답하기는 마찬가지인 것 같았다. 방송을 듣고 설마 하면서도 은근히 기대를 품고 달려왔는데 기껏 하는 얘기가 허무맹랑한 꿈 얘기라니…….

“좋아요. 정 못 믿으시겠다면 증거를 보여 드리죠.”

“증거는 무신 놈의 증거?”

“할아버지 옛날에요…….”

노빈손은 킹코에게 들었던 타잔의 비밀을 하나씩 꺼내 놓기 시작했다. 제인이랑 뽀뽀하다가 딸꾹질한 얘기, 코끼리 타고 놀다가 벼룩 옮은 얘기, 나무덩굴 타고 다니며 폼잡다가 덩굴 끊어지는 바람에 떨어진 얘기, 떨어진 곳이 하필이면 벌집이어서 온몸이 벌집 된 얘기 등등. 타잔의 입이 마치 하품하다가 턱 빠진 사람처럼 떠억 벌어져 있었다.

“그리고 또 뭐드라? 아, 맞다. 할아버지 언젠가 늪에서 악어랑 싸우다가 너무 힘을 주는 바람에…….”

악! 타잔이 갑자기 벌에 쏘인 사람처럼 비명을 지르며 벌떡 일어섰다. 그리고는 다급한 표정으로 손을 휘휘 내저었다. 제발 그 얘기만은 하지 말아 달라는 듯이. 하지만 노빈손은 타잔

딸꾹질이 나올 때

딸꾹질은 횡격막을 주관하는 근육이 경련을 일으키기 때문에 생기는 일종의 반사작용이다. 딸꾹질을 멈추게 하는 방법으로 귓불과 평행선상의 머리카락이 끝나는 부위와의 만나는 점을 엄지손가락으로 약간 아플 정도로 10초 동안 꾹 눌렀다가 떼기를 10여 차례 반복해 주면 잘 멎는다. 이때 혀를 길게 빼주는 것도 효과를 높이는 한방 비법. 그래도 잘 멎지 않으면 감꼭지를 끓여 마시면 좋다. 물 300cc에 감꼭지 10개 정도를 넣고 약 10분 정도 끓인다. 감꼭지는 수천 년 전부터 딸꾹질과 야뇨증의 치료약으로 사용돼 왔다.

의 간절한 몸짓에도 불구하고 제가 원래 하려던 말을 기어이 입 밖으로 꺼내
버렸다.

"똥 쌌죠?"

휘청—. 타잔이 손으로 이마를 짚으며 허탈한 표정으로 주저앉았다. 말숙
이가 눈물까지 흘려가며 요란하게 깔깔깔 웃어대기 시작했다. 히죽거리는
노빈손의 어깨 너머로 땅거미가 슬금슬금 내려앉았다.

★ 바다 속의 과학 : 캐리비안 베이 ★

해골바가지와 무게중심

가엾은 노빈손을 물먹인 해골바가지의 비밀은 다름 아닌 '무게중심'. 말 그대로 전체 무게의 중심이 되는 곳이다. 한 물체의 몸통 중에서 중력이 가장 강하게 잡아당기는 지점이 바로 그 물체의 무게중심이다.

〈캐리비안 베이〉의 해골바가지는 앞부분의 얼굴과 뒷부분인 머리가 비대칭으로 만들어졌다. 물이 가득 차면 무게중심이 뒤쪽에서 앞쪽으로 이동하게 되고, 그로 인해 해골바가지가 앞으로 기울어지면서 물벼락을 쏟아붓는 것이다. 물이 다 쏟아지면 다시 무게중심이 앞에서 뒤로 이동하면서 원래의 위치로 되돌아온다.

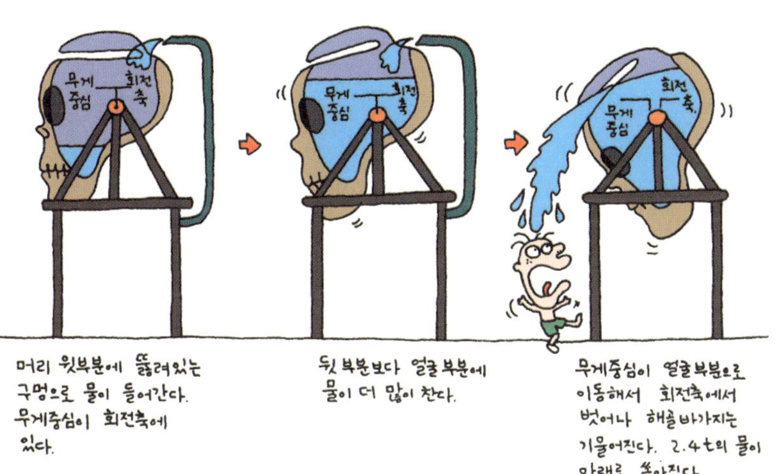

「해골바가지의 원리」

무게중심의 원리를 가장 잘 보여주는 물체는 오뚝이. 녀석은 무게중심이 몸의 아래쪽에 있다. 즉 몸의 아랫부분이 다른 곳에 비해 훨씬 더 무겁다. 그래서 아무리 넘어뜨리더라도 중력에 의해 다시 원래대로 일어서려는 힘이 생겨나게 된다. 녀석이 홍수환 아저씨처럼 끊임없이 벌떡벌떡 일어서는 것은 그 때문이다.

무게중심이 낮으면 안정성이 커지기 때문에 무게중심이 높을 때에 비해 잘 넘어지지 않는다. 여러분이 한 발을 든 채 몸의 균형을 잡을 때 두 팔을 옆으로 펼치는 것도 몸의 무게중심을 발(몸의 바닥) 쪽으로 이동시키기 위한 반사적인 행동이다.

스릴 만점의 모험 워터 슬라이드

10층 높이에서 쏜살같이 미끄러져 내려오는 공포의 워터 슬라이드. 생긴 건 놀이터 미끄럼틀과 비슷한데 막상 타보면 왜 그렇게 아찔한 걸까?

(1) 어둠과 급경사의 환상적인 만남 : 완만한 경사의 깜깜한 터널을 통과할 때 사람들은 앞이 보이지 않기 때문에 잠시 후에 어떤 상황이 닥칠지 모른다. 이렇게 잔뜩 긴장을 하고 있는데 갑자기 60도의 급경사가 나타나면 마치 빠르게 달리던 자동차가 언덕길을 내려갈 때처럼 몸이 공중으로 붕 뜨는 듯한 아찔한 느낌을 받게 된다. 미끄럼틀은 확 꺾어졌는데 몸에는 아직 조금 전까지의 관성이 남아 있기 때문이다.

(2) 만점짜리 윤활유, 물! : 만일 미끄럼틀 위에 흐르는 물이 없다면 여러분의 엉덩이엔 아마도 불이 날 것이다. 그리고 내려오는 속도가 줄어들어 재미도 훨씬 덜할 것이다. 물은 여러분의 엉덩이와 미끄럼틀 사이의 마찰을 줄여 쉽게 미끄러지도록 해준다. 또 마찰로 인해 발생하는 열을 흡수하여 여러분 엉덩이의 화상을 막아 준다.

무시무시한 기세로 노빈손을 덮친 2~3m 높이의 거대한 파도. 대체 어디에서 이런 엄청난 파도가 순식간에 만들어지는 걸까?

바닷가의 파도는 얼핏 보면 물이 와르르 밀려오는 것 같지만 사실은 바람이 만든 파동이다. 바다 위를 빠르게 지나가는 공기의 압력에 의해 해수면의 물이 밀리면서 생긴 파동이 해안까지 전달되는 것이다. 파도가 밀려오는 해수욕장에서 몸이 해변 쪽으로 밀려가지 않고 위아래로만 오르락내리락하는 이유는 바로 거기에 있다.

잔잔한 파도를 만드는 데 사용되는 방법 역시 이와 같이 공기를 이용하는 것! 공기 펌프를 이용해 물탱크에 공기를 밀어 넣어 물을 밖으로 내보냈다가 다시 빨아들이면 규모가 크기 않은 잔잔한 파도가 만들어진다.

그럼 노빈손을 삼킨 집채만한 파도는? 95톤이나 들어가는 10개의 물탱크에 물을 가득 넣은 다음 물을 막고 있던 수문을 한꺼번에 연다. 무려 9백50톤의 물이 한꺼번에 쏟아져 나오니 당연히 커다란 파도가 만들어질 수밖에. 이때 수문을 한꺼번에 열면 일자형의 파도가, 왼쪽에서 오른쪽으로 순서대로 열면 비스듬한 사선형 파도가, 양쪽 끝에서 가운데로 순서대로 열면 다이아몬드형 파도가 만들어진다.

혹시 그러다가 물이 너무 늘어나서 해일이라도 일어나면 어떡하느냐고? 걱정 마시라. 바닥에 있는 흡수구에서 물을 쏙쏙 빨아들여 다시 재활용하기 때문에 파도풀의 물은 넘치지도 모자라지도 않고 늘 일정하게 유지된다.

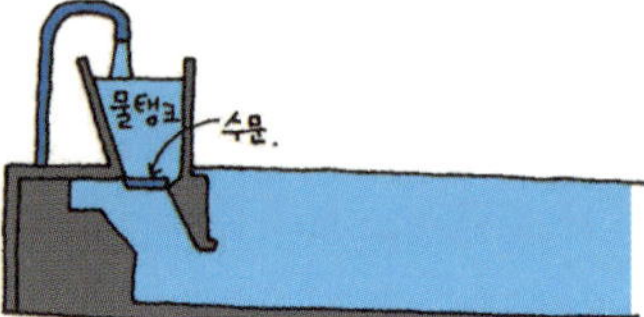

물탱크에 물을 채운다.

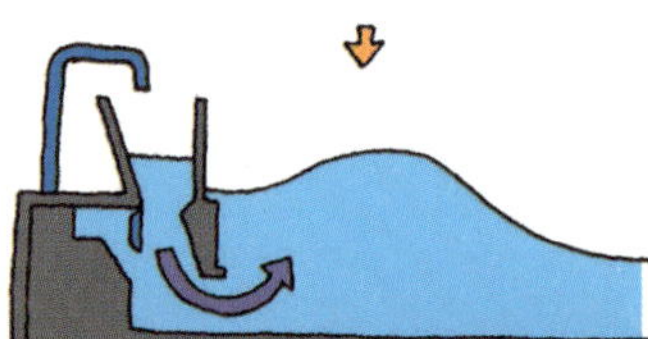

물탱크에 물이 차면 아래로 수문을 연다.

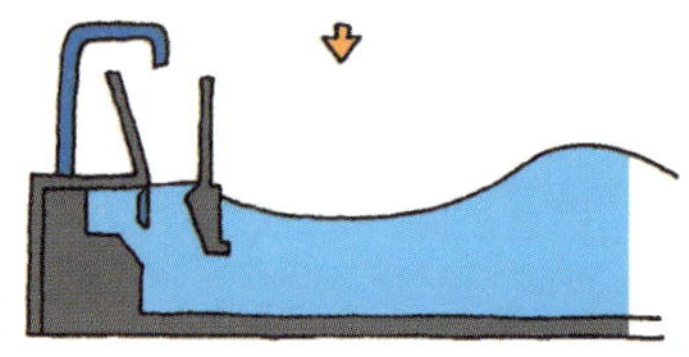

수문이 열리면서 물이 풀장으로 들어가 큰 파도가 생긴다.

공기압축기로 풀장에 압축 공기를 순간적으로
불어넣어 풀장의 물을 밀어낸다.

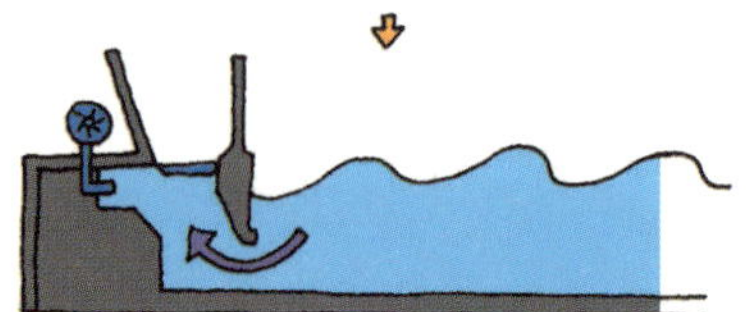

공기가 빠져 나가면서 밀려나갔던 물이 다시
들어온다. 그러면 압축 공기로 다시 밀어낸다.
연속적인 작은 파도가 형성된다.

「파도 생성 방법」

6

말숙이의 황홀한 고백

타잔은 저녁 식사를 마친 뒤 몇 번씩이나 두 사람을 번갈아 껴안았다. 그리고는 아쉬움과 설레임이 교차하는 표정으로 정문 쪽으로 사라졌다. 나중에 꼭 편지하라는 신신당부와 함께. 그가 남긴 이메일 주소는 '타잔@정글닷컴(tazan@jungle.com)'이었다.

밤의 에버랜드는 낮보다도 훨씬 아름다웠다. 형형색색의 전등이 곳곳에서 아름답게 불을 밝혔고, 〈장미원〉과 〈포시즌스 가든〉의 꽃밭 입구에서는 두 개의 커다란 횃불이 바람에 일렁거렸다. 이런 풍경을 처음 보는 노빈손은 연신 환호성을 질러대며 이곳저곳을 분주히 돌아다녔다.

"잠깐만 여기 있어 봐."

"어디 가는데?"

"몰라도 돼. 하여튼 기다리고 있어. 금방 올 테니까."

노빈손은 뚱한 표정으로 고개를 끄덕였다. 만날 사람도 없으면서 괜히 바쁜 척하기는. 기껏해야 화장실 가는 거 아니면 혼자 뭐 사먹으러 가는 거겠지…….

하지만 금방 온다던 말숙이는 한참이 지나도 돌아오지 않았다. 멍하니 턱을 괴고 앉아 있던 노빈손이 하품을 하며 길게 기지개를 켜려는 순간,

파파팟—

환하던 불빛들이 한꺼번에 꺼지며 주위가 갑자기 캄캄해졌다. 앗! 이게 뭐야, 정전인가? 깜짝 놀라 벌떡 일어서는 노빈손의 귀에 사람들의 환호와 애깃소리가 들려왔다.

"우아—."

"어머! 저것 좀 봐."

"와, 너무 멋있다."

"노빈손이라는 애는 좋겠다, 그치?"

노빈손? 그건 내 이름인데? 누가 제멋대로 내 이름을 부르는 거야? 의아한 표정으로 고개를 돌리던 노빈손의 눈이 갑자기 세숫대야처럼 큼직하게 변했다. 저만치 위에 이런 글씨가 대문짝만하게 쓰여 있었던 것이다. 스크린도 아니고 전광판도 아닌, 수십 미터 허공 위에 레이저로 쏘아 보낸 찬란한 글씨.

'빈손이 사랑해'

"저, 저게 대체……."

놀란 송아지처럼 눈을 끔벅거리며 멍하니 서 있는 노빈손. 어디선가 마이크 소리가 들려온 건 바로 그때였다.

"여러분, 안녕하세요? 에버랜드 특별 이벤트인 '레이저 프로포즈' 시간입니다. 오늘 프로포즈를 신청하신 나말숙 양을 소개합니다."

짝짝짝—. 박수 소리와 함께 말숙이가 무대 중앙으로 걸어나왔다. 평소와는 전혀 다른 사뿐사뿐한 걸음새였다. 이거 혹시 내가 또 꿈을 꾸고 있는 거 아냐? 얼떨떨한 표정으로 바라보는 노빈손의 목구멍에서 꿀꺽 침 넘어가는 소리가 들렸다.

"안녕하세요, 나말숙입니다."

생전 처음 듣는 다소곳한 목소리. 노빈손은 갈수록 어안이 벙벙해졌다. 노래 못하는 가수들처럼 입만 벙긋벙긋하면서 립싱크를 하는 게 아닌지 의심이 갈 정도였다.

"노빈손 씨에 대해 말씀해 주시겠습니까?"

"네."

말숙이가 사회자에게서 마이크를 넘겨받았다.

"빈손이는 1년 전에 미팅에서 만난 남자친구입니다. 저를 졸졸 쫓아다니던 수많은 남자애들 중의 하나였죠."

푸핫! 쫓아다녀? 내가 너를? 역사를 왜곡해도 분수가 있지……. 발끈하는 노빈손.

"전 사실 처음엔 빈손이가 별로였어요. 얼굴도 변변치 않고 몸도 삐쩍 마르고 머리카락도

왜 좋아하는 사람 앞에 가면 얼굴이 빨개지는 걸까?

사람의 몸에는 많은 호르몬이 흐르고 있다. 이런 호르몬에 의해 감정 상태가 달라지기도 하고 몸의 상태가 달라지기도 한다. 좋아하는 사람과 함께 있을 때는 뇌가 감정을 지배하는 호르몬인 노르아드레날린을 분비시킨다. 그 결과 심장이 쿵쿵 뛰고 혈압이 상승하며 목구멍이 막혀 와 생각하는 것을 말하기 힘들게 하고 또 혈압의 상승으로 얼굴이 빨갛게 보이는 것이다.

별로 없고. 근데 막상 겪어 보니까 여느 남자애들이랑은 좀 다른 거 같았어요. 특히 마음에 들었던 건, 내가 무슨 얘길 해도 전혀 반대를 하지 않고 순순히 따른다는 점이었죠. 우린 모든 면에서 참 잘 통하는 거 같았어요."

어떻게 반대를 하니? 두들겨 맞을 게 뻔한데. 마음이 통해서 그런 게 아니라 니가 난폭해서 그랬던 거란 말야……. 꿍얼거리는 노빈손.

"근데 전 빈손이를 늘 못살게 굴었어요. 걸핏하면 때리고, 구박하고, 심술부리고, 맛있는 거 있으면 뺏어먹고… 마음은 그게 아닌데 이상하게도 행동은 그렇게 되는 거예요. 지금 생각해 보면 참 미안해요."

어럽쇼? 쟤가 왜 저래? 마음 약해지게시리. 아냐! 속으면 안 돼. 분명히 무슨 이상한 꿍꿍이가 있는 거야……. 의심하는 노빈손.

"이런 얘기를 들으면 빈손인 분명히 이렇게 생각할 거예요. 속으면 안 된다고. 분명히 무슨 꿍꿍이가 있을 거라구요."

이크! 어떻게 알았지? 뜨끔하는 노빈손.

"그래서 이벤트를 신청했어요. 이렇게 많은 사람들이 보는 앞에서 사과하고 내 마음을 고백하면 빈손이도 내 진심을 알아줄 거 같아서요."

이상하다, 정말인가 보네? 이럴 리가 없는데……. 약해지는 노빈손.

"네, 그럼 오늘의 주인공을 무대로 모시겠습니다. 노빈손 씨, 나와 주세요. 박수로 맞이해 주세요."

청중들이 다들 박수를 치며 "노빈손! 노빈손!"을 외쳐대기 시작했다. 잠시 망설이던 노빈손은 결국 엄청 쑥스러운 표정을 지으며 쭈뼛쭈뼛 무대 위로 올라갔고, 노래방을 제외하고는 난생 처음으로 사람들 앞에서 마이크를 잡게 되었다.

“아, 안녕하세요. 노빈손입니다.”

청중들이 흥미로운 표정으로 노빈손을 바라보았다. 자기들끼리 뭐라고 숙덕거리며 킥킥 웃는 사람들도 있었다.

어머, 정말 머리카락이 없어. 호호호… 얼굴이 변변치 않다더니 정말이네? 마르긴 진짜 엄청 말랐다, 그치?… 등등.

“저는… 그러니까… 에 또……”

노빈손이 계속 머뭇거리자 사회자가 답답한 듯 말을 꺼냈다.

“말숙 씨가 어떤 분인지 좀 설명해 주시겠습니까?”

“네에, 말숙이는… 보시다시피… 미스코리아 진선미를 다 합쳐 놓은 것보다도 얼굴이 더……”

우와아―. 청중들 사이에서 탄성이 터져 나왔다. 노빈손이 말숙이를 엄청 띄워 준다고 생각했던 것이다. 말숙이 역시 수줍은 얼굴로 노빈손의 다음 말을 기다렸다. 더 예쁘다? 더 귀엽다? 더 섹시하다? 과연 뭐라고 얘기할지 기대하는 듯한 눈빛. 하지만 노빈손의 입에서 나온 말은 전혀 딴판이었다.

“얼굴이 더 넓습니다.”

헉! 말숙이의 넓죽한 얼굴이 잠시나마 핼쑥하게 변했다. 청중들 사이에서 폭소가 터져 나왔고, 사회자 역시 웃음을 참느라 손으로 입을 꽉꽉 누르고 있었다.

“그리고, 타이슨보다도 주먹이 세고 황소보다도 먹성이 좋습니다. 하지만……”

노빈손이 말숙이를 힐끗 쳐다보며 말했다.

"좋은 점도 있습니다."

허걱! 점이라니! 설마 내 히프의 비밀을 여기서? 으으, 안 돼!! 말숙이의 얼굴이 얼음처럼 새하얗게 변하는 순간,

"어떤 점인가 하면, 때릴 때 주먹의 힘을 점점 뺀다는 점, 뭘 뺏어먹더라도 꼭 마지막 한 점은 남겨 준다는 점, 그리고 만점짜리 보디가드라는 점입니다. 저는 말숙이랑 사귄 이후로 길거리에서 불량배 만날까 봐 떨어 본 적이 없습니다. 저는……."

노빈손은 갑자기 말문이 트인 사람처럼 좔좔좔 달변을 쏟아냈다. 말숙이는 노빈손의 입에서 '점'이라는 말이 나올 때마다 깜짝깜짝 놀란 나머지 이젠 거의 혼수상태에 빠진 듯 보였다. 노빈손이 그런 말숙이를 쳐다보며 진지한 목소리로 또박또박 말했다.

"말숙이의 그런 점을 사랑합니다."

우와— 짝짝짝짝—. 아낌없는 함성과 박수갈채가 사방에서 터져 나왔다. 괴상하면서도 재미있고 삐걱거리면서도 다정한 두 사람을 향한 축복의 박수. 찬란한 레이저 불빛이 하늘로 뻗어나가며 허공에 다시 한 번 커다란 글씨들을 아로새기기 시작했다.

빈손아, 사랑해!

말숙아, 니 두!

퍼퍼펑—. 화려한 폭죽이 에버랜드의 밤하늘을 수놓으며 축포처럼 솟아올랐다.

환상의 멀티미디어 레이저쇼

프로포즈에 뒤이어 시작된 멀티미디어 레이저쇼는 그야말로 환상 그 자체였다. 사방에서 뻗어 나오는 형형색색의 빛줄기, 35m 높이의 분수 물줄기를 스크린 삼아 펼쳐지는 총천연색 홀로그램, 그리고 안개 같은 연기 속에서 산란하는 광선들. 직접 눈으로 보기 전에는 도저히 상상할 수 없는 황홀하고 신비로운 풍경이었다.

"앗! 나왔다."

"누가?"

"킹코랑 콜비. 아까 꿈에서 만났던 애들이 바로 쟤들이야."

노빈손은 영상 속에 떠오른 킹코와 콜비를 반가운 표정으로 바라보았다. 하지만 말숙이의 얼굴은 노빈손과는 달리 엄청 사납게 일그러져 있었다. 바로 저 놈이란 말이지. 내 궁둥이의 비밀을 폭로한 불한당이. 괘씸한 녀석, 눈앞에 나타나기만 하면 당장에 볼기짝을 두들겨 패버릴 텐데… 그런 표정이었다.

"어때? 귀엽지?"

"누가?"

"여자애 콜비 말야."

"흥! 귀엽긴 뭐가? 엄청 이상하게 생겼구만. 쟤보다야 내가 훨 낫지."

호호, 질투하는군……. 노빈

홀로그램을 응용한 레이저 쇼
말숙이의 사랑 고백을 멋지게 장식했던 레이저 쇼는 홀로그램의 일종이다. 그렇다면 홀로그램이란 뭘까? "완전한 사진"이라는 뜻의 홀로그램은 레이저 광선으로 2차원의 평면에 3차원 입체를 시차 효과에 의해 만들어내는 기술을 말한다. 1948년 헝가리의 과학자가 발명한 이 기술은 사물을 가능한 모든 측면에서 바라보아 이것을 하나의 빛 변조 모형판에 모으는 것인데 빛이 나중에 이 판을 통하여 반사되면 영상이 광학적, 입체적으로 공간상에 다시 만들어지는 것이다.

손은 피식 웃으며 코를 벌름거렸다. 사람도 아니고 실물도 아닌 영상 속의 마스코트에게 이런 반응을 보이는 걸 보면 말숙이가 자기를 정말로 좋아하기는 좋아하는 모양이었다. 앞으로는 말도 더 잘 듣고 선물도 더 많이 사줘야지. 이렇게 멋진 곳에서 감동적인 고백까지 받았는데…….

마스코트들이 퇴장하자 드넓은 우주공간이 펼쳐지면서 무시무시하게 생긴 괴물 몬스터가 화면에 나타났다. 그리고 잠시 후엔 에버랜드의 귀여운 동물 가족들이 신나는 음악과 함께 등장했다.

두두두두— 삐리리리—. 경쾌한 북소리와 신나는 나팔소리가 밤하늘을 신명나게 뒤흔들고 있었다.

레이저 영상이 끝나자 본격적인 빛의 향연이 펼쳐졌다. 보라색, 초록색, 빨간색, 노란색, 그밖에 무수한 빛깔의 광선들이 때로는 직선으로 뻗어나가고 때로는 빙글빙글 회전하며 온 세상을 현란하게 물들였다. 수백 수천 발의 폭죽이 하늘로 솟아올라 펑펑 터지며 갖가지 모양으로 밤하늘을 수놓았다. 〈스타라이트 환타지〉라는 이름에 꼭 어울리는 아름답고 환상적인 별나라 축제였다.

"따라와."

갑자기 말숙이가 벌떡 일어서며 노빈손의 손을 잡아끌었다. 프로포즈 이벤트가 끝난 뒤부터 지금까지 한순간도 놓지 않고 계속 다정하게 잡고 있던 손이었다. 닭똥집이나 산낙지를 먹으러 가자며 노빈손을 강제로 끌고 갈 때를 빼면 이렇게 오랫동안 손을 잡아 본 적은 지금껏 한 번도 없는 것 같았다.

"어디 가는데?"

“글쎄 가보면 알아.”

어둠 속에서 말숙이를 따라간 곳. 거긴 에버랜드의 놀이기구들 중 가장 높은 곳까지 올라가는 54m짜리 〈우주관람차〉였다.

우주관람차 속에 떠오른 별들

“우와아―.”

노빈손은 발 밑에서 펼쳐지는 빛의 축제를 황홀한 표정으로 내려다보았다. 높은 곳에서 바라보는 레이저 쇼는 땅에서 보는 것과는 또 다른 행복한 느낌을 자아냈다. 마치 정말로 우주공간에서 은하수를 관람하는 듯한 꿈결 같은 풍경이었다.

“아아, 어쩌면 저렇게 아름다울 수가 있을까. 정말 꿈만 같아.”

말숙이가 아련한 눈빛으로 중얼거렸다. 평소와는 180도로 다른 소녀 같은 말투였다. 얼라? 애한테 이런 감성적인 구석이 다 있었나? 와, 죽인다, 캡 멋있다, 뿅간다, 대충 이런 식으로 말해야 정상인데……. 잇달아 발견되는 말숙이의 뜻밖의 모습에 노빈손은 완전히 머리가 뒤죽박죽이 되는 듯한 느낌이었다.

“빈손아, 아름답지 않니?”

고양이가 고소공포증을 느끼는 높이는?

고양이는 32층 높이에서 추락해도 멀쩡하다. 나름대로의 낙하법을 타고났기 때문이다. 즉 높은 곳에서 떨어질 때 자연스럽게 사지를 크게 벌려 공기의 저항을 크게 하여 낙하 속도를 늦추는 지혜를 가지고 있다. 이러한 고양이도 고소공포증을 느끼는 높이가 있다. 놀랍게도 4~5층 수준. 이보다 낮은 고도에서는 야생의 본능을 발휘해 착지가 가능하고 이보다 높은 고도에서는 사지를 활짝 벌리는 낙하산 낙하를 할 수 있지만 4~5층 높이에 이르면 얘기가 달라진다. 야생 본능이 커버할 범위를 벗어난 고도인데다가 낙하산 낙하법을 펼칠 여유도 없기 때문이다.

“응? 으응.”

“말숙이는 지금 슬퍼. 원래 아름다움이 지나치면 슬픈 법이거든.”

“그, 그래?”

끄응, 자기가 자기 이름을 부르다니. 저건 분명히 공주병 말기 증상인데. 저러다가 집에 가서까지 아바마마 어마마마 찾는 거 아냐? 은근히 불안해지는 노빈손.

“하지만 빈손과 같이 저런 풍경을 보게 돼서 말숙이는 굉장히 기뻐.”

“나, 나도 그래. 헤헤헤.”

틀림없이 공주병이야. 맨날 임마 점마 하던 애가 갑자기 저렇게 부르는 걸 보면.

“이상해.”

“뭐가?”

“왠지 빠알간 사과가 먹고 싶어져.”

헉! 백설공주병이다…….

“어디선가 파도 소리가 아련히 들리는 것도 같고.”

게다가 인어공주병까지…….

“빈손은 뭐가 먹고 싶어? 이슬?”

내가 무슨 배추니? 이슬을 먹게……. 난감해진 노빈손은 대충 생각나는 대로 아무렇게나 대답했다.

“난… 갈비나 한 점 먹었으면 좋겠는걸?”

“빈손!!”

말숙이가 약간 성난 표정으로 말했다.

“부탁이야. 내 앞에서 점 얘기는 삼가 줘. 말숙이는 그 단어가 싫어.”

푸핫! 노빈손은 갈수록 어이가 없었지만 어쩔 수 없이 그냥 고개를 끄덕였다. 둘밖에 없는 까마득한 고공에서 자칫 비위를 건드리기라도 했다간 뒷일을 감당할 수가 없기 때문이다. 노빈손이 고분고분하게 나오자 다행히 말숙이도 태도가 한결 누그러지는 듯했다.

“빈손.”

“으응?”

“난 왜 이렇게 예쁜 거야?”

갈수록 태산인 말숙이의 황당한 질문. 노빈손은 그만 조심성을 잃고 해서는 안 될 말을 입 밖으로 꺼내고 말았다.

“어이구, 점점……”

아차차! 깜짝 놀란 노빈손이 황급히 입을 다물었지만 이미 엎질러진 물이었다. 미처 방어 태세를 갖추기도 전에 말숙이의 묵직한 주먹이 바람을 가르며 날아들었다.

“하지 말랬잖아, 이 짜식아—.”

퍽!

“그래, 내 점 파랗다. 니가 거기에 잉크 한 방울이라도 보태 줬어?”

퍼퍼퍽!!

무수한 별들이 눈앞에 떠올랐다. 하지만 노빈손은 알 수

점은 왜 생기는 걸까?
점이란 표피 속에 있는 색소성 모반세포가 특별하게 부풀어 오른 것이다. 모반세포라는 것은 피부 표면에서 0.2mm까지의 표피 속에 생긴다. 검은 점은 표피 밑에 있는 멜라닌 생산 세포가 어떤 원인으로 인해 멜라닌을 대량으로 생산하게 되고 그 멜라닌이 햇볕에 타서 검게 되는 것이다. 동물에게서도 점을 발견할 수 있다.

없었다. 그게 진짜 별인지, 맞아서 보이는 별인지, 아니면 펑펑 티지고 있는 환한 불꽃인지. 어쩌면 그 세 가지가 한꺼번에 뒤섞인 것인지도 몰랐다. 다행스러운 건 말숙이가 심각한 병마에서 벗어나 다시 평소의 모습으로 되돌아왔다는 점이었다.

우우우웅―. 〈우주관람차〉가 꼭대기를 지나 천천히 밑으로 내려가고 있었다.

nobinson.com으로 오세요

즐거운 일이 생깁니다